언어로 한 조각 세상을 빚다

크리스티네
뇌스틀링거

Christine Nöstlinger-Die Buchstabenfabrikantin

by Ursula Pirker

All Rights Reserved by the proprietor throughtout the world
in the case of brief quotations embodied in critical articles or reviews.

Korean translation Copyright © 2014 by Yeoyoudang Publishing Co., Seoul
Copyright © 2007 by Molden Verlag in der Verlagsgruppe Styria Gmbh & Co KG, Wien-Graz-Klagenfurt(Austria)

This Korean edition was published by arrangement with Verlagsgruppe Styria Gmbh & Co KG, Wien
through Bestun Korea Literary Agency Co., Seoul

언어로 한 조각 세상을 빚다

크리스티네
뇌스틀링거

우르줄라 피르커 지음 | 이명아 옮김

"언어는 위안을 줄 수 있고,

쓰다듬어 줄 수 있고,

보호받는 느낌,

풍선처럼 자유롭게 떠다니는 듯한

느낌을 줄 수 있어요."

- 크리스티네 뇌스트링거
  2003년 아스트리드 린드그렌 기념상 수상 소감에서

일러두기

* 외래어 표기는 국립국어원 외래어 표기법을 따랐다.

* 크리스티네 뇌스틀링거의 작품 가운데 우리말로 나온 책은 우리말 제목을 적었다.

* 크리스티네 뇌스틀링거 작품의 원서 제목은 책 끝에 실은 '작품 목록'에서 확인할 수 있다.

* 본문 괄호 안은 글쓴이, 아래쪽에 실은 설명글은 옮긴이가 단 주이다.

* 본서의 '성인을 위한 방언(Diakekt nur für Erwachsene)' 편은 글의 성격상 우리말로 옮기
  지 않았음을 밝힌다.

"처음으로 세상의 빛을 보았을 때, 난 4.13킬로그램이었고 머리에 까만 털이 나 있었다. 엄마는 내가 신생아치곤 예뻤다고 하셨다. 아마도 엄마 뱃속에 적어도 3주는 더 들어앉아 있어서 그랬을 것이다. 난 꽤나 어른스러운 모습으로 세상에 온 젖먹이였다. 쭈글쭈글한 주름도 없었고, 난쟁이처럼 머리가 큰 보통 아기들 모습도 아니었다.

난 거칠고 성을 많이 내는 아이이기도 했던가 보다. 그렇지만 엄마는 내 못된 버릇을 고쳐 놓았다고 무척이나 자랑스러워하셨다. 하지만 엄마들이 대개 그렇듯이 아직까지도 엄마는 내가 사람들 눈에 띄는 행동을 했다고 화를 내면서 성질을 더 자주 부리는 건 어떻겠냐고 부추기기도 하신다.

유치원에서는 잘 지냈다. 엄마가 유치원 선생님이셨기 때문이다. 이 사실은 다른 아이들의 부러움을 사기에 충분했다. 그렇지만 엄마 입장은 달랐다. 엄마는 그때 내가 나쁜 짓, 그러니까 해서는 안 되는 일에 마음이 끌리는 것 같아 늘 걱정이 많으셨다. 그래서 얌전한 친구들을 사귀도록 했지만, 난 그런 애들을 좋아하지 않았다.

학교에 들어가서는 맘고생을 해야 했다. 언니가 공부를 아주 잘해서 선생님들이 내게도 비슷한 성적을 기대했기 때문이다. 그렇지만 8년의 고등교육 과정을 거치면서 선생님들은 그 기대가 커다란 착각이었음을 깨달았다. 그렇다고 유급을 한 적은 한 번도 없다. 그 당시 유급을 한다는 것은 말할 수 없이 수치스러운 일이었다. 게다가 유급을 해서 일 년 더 학교를 다녀야 했다면, 그건 정말 소름 끼치는 일이었을 거다. 차라리 공부를 조금 더 하는 편이 나았다.

난 화가가 되고 싶었다. 그렇지만 그림을 제대로 배우려고 응용미술 아카데미에 진학하자마자 위대한 화가가 되는 것이 불가능함을 깨달았다. 내가 지닌 재능이라는 것이 너무나 평범했기 때문이다. 그때 너무 놀라서 결혼해 버렸고 아이를 둘 낳았다. 그때의 충격은 더 이상 남아 있지 않지만 아이들은 여전히 남아 있다. 아이들은 이제 어른이 되었다.

어린이책을 쓰겠다는 생각은 한 번도 해 본 적이 없었다. 집에서 두 아이를 데리고 시간을 보내기가 지루한 나머지 어린이책을 한 권 그려 보려고 했다. 그러자니 그림에 걸맞는 이야기도 필요했다. 그래서 직접 이야기를 지어 적어 넣었다. 그 책이 완성되자 사람들은 그림보다 책에 적힌 이야기를 더 좋아했다.

그때 생각했다. '흠, 나쁘지 않군! 그럼 그림을 그리지 말아야지! 글을 쓰면 되지!' 그래서 글 쓰는 일을 여러 해째 계속 하고 있다. 대부분 일주일 내내, 아침 일찍부터 저녁 늦게까지 쓴다. 그렇지만 가끔씩 그러고 싶지 않을 때가 있다. 그러면 스웨터를 짜거나 멍청한 짓을 하는 텔레비전을 본다. 그러고 나서 께름칙한 기분을 없애려고 방금 시청한 멍청한 짓거리에 관한 텔레비전 비평글을 한 편 쓴다. 신문에 실을 칼럼이다.

난 거미를 무서워한다. 뱀과 쥐는 좋아한다. 먹는 것은 특별히 가린다. 정말 맛없는 음식들이 많다. 운동은 하나도 못 한다. 그 누구도 내게 스키나 스케이트 타는 법을 가르치지 못했다. 테니스 채도 몸서리치며 손에서 놓쳐 버린다. 음악적이지도 못하다. 말할 수 없이 아름답게 노래를 부르고 싶긴 하다. 아니 듣기 싫더라도, 틀리더라도, 노래를 부를 수만 있다면 만족할 것 같다. 그렇지만 노래를 부르려고 여러 번 애써 보았건만, 그때마다 이런 소리를 듣는다. '제발 그만 좀 해. 도저히 못 들어주겠어!'

불행하다고 느낀 적은 정말 드물다. 나도 그런 내가 가끔씩은 놀랍다. 더 이상 생각이 나지 않는다."(크리스티네 뇌스틀링거, 「내가 나에 대하여」,『아무것도 계획하지 않았다』, 닥스 출판사, 1996)

독일어권에서 가장 유명한 이 어린이책 작가는 자신에 대해서 더 이상 아무것도 생각나지 않는다고 적었다. 나와 내 딸 다니엘라는 이런 얘기들을 검토도 하지 않고 무조건 받아들일 수 없어 뇌스틀링거를 방문했다. 그녀와 인터뷰할 때 다니엘라는 특별한 지원군이 되어 주었다. 청소년이기 때문에 인터뷰에 더 넓은 시각을 끌어들일 수 있었다. 그 뒤 우리는 크리스티네 뇌스틀링거의 삶과 작품에 관한 그림을 완성하기 위해 함께 자료를 모았다. 이 책이 이 소박한 작가를 더 잘 이해하는 데 조금이나마 도움이 되길 바란다.

글쓴이 우르줄라 피르커

1. 크리스티네 뇌스틀링거의 집을 찾아서

세기가 바뀔 무렵 세워진, 빈에서 흔히 볼 수 있는 전형적인 집들 가운데 하나였다. 다층 건물이고, 건물 정면에 장식을 새긴 돌 출창이 있고 방화벽으로 둘러싸여 있었다. 건물 뒷마당은 대도시의 소음 한복판에 서 있는 푸르른 오아시스였다. 이제는 건물 관리인을 두고 있지 않아서 집집마다 초인종을 달아 놓고 낮 시간 내내 문을 잠가 놓았다.

우리는 문으로 다가가 '뇌스틀링거'라는 이름이 쓰여 있는 작은 문패를 두 개 발견하고는 어리둥절했다. 다행히 두 번째 문패에 '사무실'이라고 표시되어 있어 별 생각 없이 그 가운데 하나를 눌렀다. 곧 3층으로 올라오라는 크리스티네 뇌스틀링거의 목소리가 흘러나왔다. 가파르게 이어지는 좁은 계단은 옛 시절을 떠

올려 주었다. 층마다 문가에는 과거를 추억하게 하는 여러 물건들이 놓여 있었다. 물고기를 키우는 꽃병이며 신발 받침대도 없이 문 앞에 늘어놓은 신발들, 그리고 싱싱한 채소에 이르기까지 그 모든 것이 무척이나 정겨워 보였다.

크리스티네 뇌스틀링거는 문가로 나와서 우리를 맞아 주었다. 그녀는 눈부신 노랑 스웨터를 입고 있었다. 기억 속의 모습보다 더 가냘퍼서 금방이라도 부러질 듯 보였지만, 힘차고도 깊으며 조금은 거칠기까지 한 목소리는 조금도 변함이 없었다.

그녀의 안내를 받아 우리는 아주 크고 환한 거실로 들어섰다. 거실에는 눈에 띄게 커다란 식탁이 있고, 햇볕 잘 드는 모퉁이에는 의자가 빙 둘러 놓여 있었다. 거실에 서 있는 오래된 마네킹이 첫눈에 들어와 깜짝 놀랐다.[1] 창문에는 커튼이 없었고 대신 창턱에 놓여 있는 수많은 유리구슬이 시선을 사로잡았다. 분명 수집품인 듯했다. 뇌스틀링거는 방문객들 대부분이 거실에서 땀을 흘린다고 말했다. 거실 온도를 항상 27도 정도로 유지하기 때문이란다.

어린이책 작가를 만나는 사람은 자연스레 작가의 유년 시절에

---

1) 크리스티네 뇌스틀링거는 학창 시절부터 재봉 일을 즐겨 했고 자신의 옷을 직접 지어 입었기에 이 용도로 마네킹이 필요했다.

관해 질문을 던진다. "그런 질문은 반드시 필요한 거죠." 크리스티네 뇌스틀링거의 생각이다. "아이들을 위해 글을 쓰는 사람이라면 누구나 작업할 때 어린 시절의 기억에 무척 기대게 돼요."

결국 그 아이는 어릴 적의 자기 자신이다. 그리고 작가가 속속들이 알고 있는, 아니 적어도 안다고 생각하는 유일한 모델이기도 하다. 단 수많은 사람들이 작가의 유년기가 행복했는지 그렇지 못했는지를 자주 묻는데, 그런 질문은 적절하지 않다고 말했다.

"어쨌거나 난 '행복한 유년 시절'이라는 말과 함께 내 어린 시절을 돌아보는 것이 힘들어요. 어렸을 때는 정말이지 너무나 강렬하게 행복하다고 느꼈어요. 그 뒤로 다시는 그 정도의 행복감을 느끼지 못했지요. 불행에 대해서도 마찬가지예요. 어렸을 때 난 끔찍할 정도로 불행하기도 했어요. 그 뒤 다시는 그런 감정을 느껴 보지 못했고요."

크리스티네 뇌스틀링거는 1936년, 노동자 거주 지역으로 불리는 빈의 변두리에서 태어났다. 엄마는 시립 유치원 선생님이었다. 아빠는 시계공이었지만 지난 세기의 1930년대를 살던 수많은 이들처럼 실업자였다. 당시에는 매우 보기 드문 경우였지만, 이런 이유로 그녀는 아빠 손에서 자란 아기이자 어린이였다. 아빠는 기저귀를 갈아 주고 음식을 먹여 주고 잠자리에 들기 전에 자장가를 불러 주었다.

"어렸을 때 비엔나의 헤르날스에 있는 게블러라는 골목에서 살았어요." 뇌스틀링거가 이야기를 들려준다. "그 당시 오스트리아는 파시스트가 통치를 하고 있었죠. 내가 세 살 때 아돌프 히틀러가 오스트리아로 진군해 들어왔고, 네 살 때 아빠는 폴란드로 행군을 떠나야 했어요. 이어서 거의 모스크바까지 걸어갔지요. 6년 동안이나 사랑하는, 가장 소중한 사람을 도둑맞은 거죠."

다섯 살이 되자 그녀는 엄마가 다니는 유치원에 들어갔다.

"엄격하게 따지면 원래 이런 일은 허락되지 않았지만, 전시라서 어쩔 수 없었겠죠. 다른 유치원이 너무 멀리 있었으니까요."

그녀의 자전적인 소설 『날아라, 풍뎅이야!』와 『오월의 2주 동안』에서 할아버지와 할머니는 중요한 역할을 맡는다. 귀가 잘 들리지 않는 할머니 율리아와 항상 마음씨 좋은 할아버지 레오폴드다(할아버지는 할머니를 '율리'라고 부르고, 할머니는 할아버지를 '레폴드'라고 불렀다). 이 분들은 아버지의 부모님이다. 그럼 엄마의 부모님은?

"외할아버지 루돌프는 정말이지 견딜 수가 없었어요. 외할아버지는 끔찍한 사람이었고 외할머니는 한 번도 뵌 적이 없어요. 외할머니 이름이 아델하이트였는데 스물넷에 자살했어요. 그것도 정말 엄청난 방식으로 말이죠. 처음에는 독을 삼켰고, 그다음에는 동맥을 끊었고, 세 번째로 4층 창문턱에 올라가서 블라인드 끈으로 목을 감고 창턱에서 뛰어내렸어요. 동맥을 끊고 독을 마신 다음에 말이에요. 그렇게 목을 매달았는데, 떨어지면서 허리가 부러졌죠. 분명히 산후 우울증의 일종이었을 거예요. 오늘날 지식으로는 그렇게 이해할 수 있잖아요. 죽기 14일 전에 아이를 낳았는데, 그 아이가 이미 죽어 있었거든요. 엄마가 모든 사실을 정확하게 알고 있는 건 아니었어요. 이 모든 일이 일어났을 때 엄마는 겨우 서너 살 무렵이었으니까요."

다섯 살 때부터 좋지 못한 일들이 규칙적으로 그녀의 일상을 지배한다. 크리스티네 뇌스틀링거는 연합군의 폭격을 피해 여기저기 지하창고에 몸을 숨겨야 했다.

"우리가 숨어 들어간 집 창고에 폭탄이 떨어진 일이 두 번 있었는데, 한 번은 창고가 심하게 흔들려 사람들이 잔해에 묻힌 우리를 '발굴해야' 했어요."

그녀는 아무렇지도 않게 말했다. 이 끔찍한 감금의 시간들이 마치 아이들 놀이 같았다는 듯이. 이 사건은 『오월의 2주 동안』에서 이렇게 묘사된다.

"지하실에 웅크리고 있을 때 집에 폭탄이 떨어졌다. 이제까지 겪어 본 일 가운데 가장 끔찍했다. 가장 끔찍한 일에 대해 이야기하는 것은 정말 힘들다. 그러려면 너무나 커다란 공포에 관해 이야기하지 않을 수 없기 때문이다. 난 공포에 관해서, 그것도 자신이 느낀 공포에 관해서 이야기하는 그 어떤 아이도 알지 못했다."

그녀는 전쟁을 겪는 몇 해 동안 결핍에 관해 불평할 수 없었다고 한다. 맛있는 음식이라고는 더 이상 아무것도 먹을 수 없었지만 말이다.

"그때 우리가 가는 식료품 가게에는 벤스도르프[2]가 그려진 금속 상표가 벽에 붙어 있었지만, 초콜릿은 한 번도 본 적이 없었어요. 다섯 살 위 언니가 어떻게든 내게 초콜릿 맛을 설명해 주려고 애썼지요. 아직도 기억나는 일이 있는데, 한번은 시장에서 아이 한 명 당 오렌지를 한 개씩 나눠 주었어요. 전에는 구경조차 할 수 없었던 거였죠."

그녀는 평화를 알지 못하는 아이에게 전쟁은 무척 평범한 일상이었다고 이야기했지만, 이 전쟁 세대에게 각인된 시간들은 결코 평범하지 않게 흘러갔다.

---

2) Bensdorp. 세계적인 초콜릿 상표로 1840년 암스테르담에 처음 공장이 세워졌다.

"우리처럼 엄마와 아이가 둘인 가족에게는 한 주에 고기 300그램이 배급되었어요. 그렇지만 우리는 한 번도 이 고기를 손에 넣지 못했어요. 엄마는 항상 비곗덩이밖에 얻을 수 없다고 말했죠. 그러다가 어떻게 했는지 엄마는 누가 어떤 부위를 받아 가는지 알아냈고, 그다음부터는 특별히 소시지를 받아 왔어요. 아마 두 배도 더 받은 것 같아요.

사실 그렇게 배를 곯은 적은 없었어요. 우유, 버터, 빵, 감자는 충분히 받았으니까요. 그렇지만 과일은 정말 귀했어요. 그래서 우리는 더 많은 과일을 얻으려고 여름이 되면 게라스도르프에 있는 엄마 친구네로 떠났어요. 먼저 C전차를 타고 링투엄까지 가서 331번으로 갈아타고 슈탐머스도르프로 갔어요. 거기서 버스를 갈아타고 프리드호프로 가서 들판을 가로질러 가면 마침내 그곳에 도착했죠. 헤어질 때 살구 2킬로그램이나 버찌 3킬로그램 정도를 선물로 받았어요. 얼마나 행복했게요. 그러고는 다시 두 시간이나 두 시간 반 걸려 집으로 돌아왔어요."

오랫동안 아빠한테서 군사우편을 받지 못하면 엄마는 슬픔에 잠겼고, 그러면 크리스티네 같은 어린아이에게 전시의 일상은 매우 우울해졌다.

"엄마는 감정을 다스리려고 애썼지만 이런 일들은 아이라도 금방 알아차리죠. 그러다 우편물을 받으면 다시 생기가 돌았어요. 그렇지만 엄마는 정신교육을 받기 위해 항상 비밀경찰(게슈타포)에게 불려 가야 했어요. 엄마가 그 당시 방식대로 유치원생들을 가르치지 않아서였죠. 히틀러 인사도 히틀러 찬가도 가르치지 않았으니까요. 엄마는 병가를 내어 더 이상 게슈타포에게 가지 않았어요. 물론 아팠던 건 아니죠. 그래서 다시 정신교육 명령을 받았고요."

가족들 사이의 특별한 정치적 분위기 때문에, 그녀는 어린 나이에 어떤 일을 두고 누구와 얘기해도 되는지 안 되는지 재빠르게 이해했다. 외삼촌은 '나치 상급자'였고 엄마와 끊임없이 언쟁을 벌였다. 공공연한 사회주의자인 엄마는 비록 삼촌과 어떤 의견 일치도 볼 수 없었지만 삼촌을 사랑했다. 아빠가 몹시 아파서 폴란드에 있는 라자렛 병원에 누워 있게 되자, 삼촌의 정치적 영향력을 이용한 적도 있다.

뇌스틀링거는 어렸을 적에 이러한 언쟁의 틈바구니에서 "유대인들은 하나도 빠짐없이 굴뚝의 연기로 사라진다"와 같은 말을 들었다고 결론을 내렸다.

"난 그게 무슨 말인지 물었고 엄마가 설명해 주셨어요. 그 당시 사람들이 이런 사실을 알 턱이 없었을 거라고는 누구도 말 못하죠."

'밀고'에 관한 한 위험을 피할 수가 없었다. 독재정권 아래에서 원활하지 못한 생필품 조달 상황이나 물품 부족 등에 대해 불만을 터뜨리는 사람들이 생기면, 그런 말을 내뱉은 사람은 원칙상 안전할 수 없었다. 어디든 그런 말을 한 사람을 고발하려는 이가 있느냐 없느냐에 달려 있었다. 뇌스틀링거는 말한다.

"이런 상황이 사람들 뇌리에 깊게 새겨진 것 같아요. 특히 어린 시절의 3분의 2를 전시의 독재 치하에서 보냈다면요."

그녀를 키운 주요 양육자들이 한결같이 철저한 반파시스트였기 때문에, 그녀는 어렸을 때부터 이런 상황에서 어떻게 행동해야 하는지 분명히 알았다.

"이런 얘기들이 꽤 씁쓸하게 들리겠지만, 사실은 그렇지 않았어요. 난 이런 상황에 잘 대처했어요. 우리나라가 '범법자'의 손에 통치되고 있고 전쟁에서 하루빨리 패배해야 한다는 사실, 학교에서 선생님이 하는 말을 믿어서는 안 되며, 더불어 엄마와 할아버지, 할머니를 위험에 빠뜨리지 않으려면 그런 말을 집 밖에서는 입도 뻥긋해선 안 된다는 점을 쉽게 받아들였어요."

아빠는 이미 러시아 전선 어디에선가 끊임없이 생명을 위협받고 있었다. 그것으로도 충분했다.

"엄마나 할아버지가 나한테 어디에서도 다른 말을 하면 안 된다고 입단속을 한 적은 없었던 것 같아요. 아이들도 그냥 알았던 거죠. 무엇보다도 우리 집 근처에는 나치들이 별로 많지 않았어요. 공동주택 건물에 기껏해야 한 가구나 있었을까요? 그들은 다른 집 사람들의 조롱거리였죠. 돈너 아줌마는 항상 '하일 히틀러'라고 인사했는데, 꼭 '하이틀러³)'로 들렸어요. 그러면 우리 같은 애들은 문간에 서서 언제나 '하이틀러, 하이틀러'라고 소리쳤어요. 할머니는 귀가 심각할 정도로 잘 들리지 않아서 가끔씩 아주 큰 소리로 히틀러를 욕해 대셨어요. 언젠가 할머니가 내가 옆에 있을 때 또 그렇게 욕을 한 적이 있는데, 우유 배달 아주머니가 했던 말이 기억나요. '괴쓰 아주머니, 괴쓰 아주머니, 지금 목숨 걸고 그런 얘기를 하시는 거예요!'라고요."

동갑내기 친구들이 떼지어 다니며 2, 3년만 지나면 '독일소녀연맹'에 가입할 수 있다고 열광하면 그녀는 입을 다물었다.

"난 이렇게 생각했어요. '달팽이들 같으니라고! 그전에 전세가 기울고 모든 나치들이 감옥에 갇힐 거야. 그리고 살아남은 유대인들이 되돌아오고 '민주주의'도 되돌아올 거야'라고요."

---

3) '언제나 기분이 좋은 사람'이라는 뜻.

할아버지는 민주주의에 대해 자주 이야기를 들려주셨고, 그녀 역시 민주주의를 무척 그리워했다. 할아버지가 민주주의를 되찾으면 초콜릿과 햄을 돌려받을 수 있다고 약속했기 때문만은 아니었다.

"나는 이 알지 못하는 민주주의를 낙원의 삶에 빗대어 생각했어요. 공정함과 자유로움, 연대가 보장된 게으름뱅이들의 천국에 많은 것을 기대했죠. 게다가 할아버지는 이야기를 정말 멋지게 들려주셨어요."

친구들이 독일소녀연맹에 가입하는 일을 포기해야 했다는 점에서 그녀의 말은 옳았다. 그러나 그녀가 알던 나치가 모두 잡혀간 것도 아니고, 홀로코스트에서 살아남은 유대인들이 오스트리아에서 환영받은 것도 아니었다. 3년 전까지만 해도 나치 이데올로기로 학생들을 교화시키던 선생들이 이제 얼굴 한 번 붉히지 않고 민주주의의 축복에 대해 찬양했고, 매일같이 오스트리아를 해방시켜 준 미국에 진정 어린 감사를 돌렸다.

"사실 오스트리아의 해방에 소련 몫이 컸지만, 이 선생들은 소련의 역할은 아무것도 모르는 것 같더군요."

크리스티네 뇌스틀링거는 비꼬듯이 이야기했다.

그녀는 1945년 3월 8일, 폭격으로 집이 무너진 뒤 노숙 가족 신세로 전락해 헤르날스부터 노이발덱까지 걸어서 이동한 일을 이 야기했다. 노이발덱의 한 빌라에서 거처를 찾았다. 그곳에는 폭 격으로 집을 잃은 여러 가족들이 머물고 있었다. 좁은 공간을 여 럿이 함께 사용한 경험이 『날아라, 풍뎅이야!』에서는 아이의 눈 으로 모험에 가깝게 묘사되었지만, 이 모든 것이 선명하게 기억 나는 것은 아니었다. 공포는 늘 그림자처럼 따라다니던 익숙한 동반자였다.

러시아 사람들에 대한 거부감은 사람들이 아이들에게 이야기 하듯이 그렇게 대단한 것이 아니었다. 오히려 크리스티네 뇌스 틀링거는 엄마가 어떤 러시아 군인과 맺은 '정겨운 관계'에 대해 재치 있게 묘사했다. 그 군인은 제빵사였는데 늘 술에 취해 있었 고, 술에 취하기만 하면 엄마 앞에서 목 놓아 울곤 했다. 다시 빵 을 구울 수 있다면 얼마나 좋을까 한탄하면서 말이다. 그러면 엄 마는 이곳에서, 엄마의 부엌에서 빵을 구우면 되지 않겠냐고 제 안했다. 그러면 군인은 곧 밀가루와 다른 재료들을 가지고 왔고 이내 잠이 들어 버렸다.

"러시아 군인이 잠들면 엄마는 밀가루를 치워 놓았고, 그는 다 시 잠에서 깨어나 갈 길을 갔어요. 우리는 그 밀가루를 먹고 살았 죠."

뇌스틀링거는 탐욕스럽게, 하지만 선택의 여지 없이 생필품 창고를 털었던 일과 아이들에 대해 이야기했다. 아이들은 미군들이 묵는 학교 앞에서 "츄잉껌 플리즈, 츄잉껌" 하고 고래고래 소리를 질렀다. 가끔씩 미군들은 아이들 속으로 껌을 딱 한 개 던졌는데, 그러면 아이들은 그 껌을 주우려고 몰려들었다.

"난 그 미군들이 싫었어요. 자기가 갖고 있는 얼마 안 되는 것들을 사람들과 나눠 쓰던 러시아 군인들에게 익숙해져 있었으니까요."

그리고 그녀는 70세를 넘긴 사람들을 대표해서 말했다.

"전쟁을 잘 알고 있었어요. 아주 속속들이 알고 있었죠. 평화라는 것을 배워야 했는데, 난 평화 배우기를 잘하는 좋은 학생이 아니었어요."

왜 그랬을까? 아마도 평화로운 시기라면 경찰들에게 경고받을 일들이 이 예외적인 시기에는 너무 많이 벌어졌기 때문일 것이다. 한 예로 전쟁 중이나 전쟁이 끝난 직후 '장만하기'라고 불린 일들은 평화 시기라면 도둑질이었다. 『날아라, 풍뎅이야!』에서 그녀는 나치의 사회복지 시설에서 벌어진 약탈에 관해 다음과 같이 그렸다.

"적어도 쉰 명은 되는 사람들이 있었다. 그들이 한 일은 꽤 특별한 것이었다. 그들은 물건들이 진열된 선반 사이를 바쁘게 오가면서 파란 종이 자루에 구멍을 뚫고 하얀 상자들을 선반에서 쓸어 내렸다. 갈색 헝겊 자루를 칼로 찢고 그 안을 들여다보고 계속 달렸다. 그들은 파란 자루 두 개를 어깨에 짊어졌다 다시 던져 버리고, 갈색 자루 하나를 메고 출구로 갔다. 그러곤 갈색 자루를 다시 구석에 던져 버리고 대신 하얀 상자 셋을 집어 들었다. 자루에 난 구멍에서 말린 국수, 콩, 완두, 수프용 국수 등이 바닥으로 흩어졌고, 무엇에 쓰이는지 알 수 없는 수많은 것들이 쏟아져 내렸다."

흠, 여덟 살짜리 아이가 이런 행동을 하면서 "먼저 하세요" 같은 공손한 표현을 생각해야 할까?

"우리가 살던 집으로 돌아와서야 나한테서 전쟁이 지나갔어요. 여름 무렵이었죠."

그제야 평화로운 일상이 시작되었다. 크리스티네는 평화에 대해 완전히 다른 꿈을 꾸고 있었다. 예쁜 치마를 입고 파마 머리를 해야지. 그리고 할아버지가 약속한 베이컨도 충분하겠지. 그렇지만 이런 것들은 불법 거래를 하거나 '관계'가 있는 사람들만 누릴 수 있었다.

총명한 아이가 자신을 둘러싼 환경에 비관적으로 반응하고 그 모든 권위에 의문을 품기 시작하는 것이 놀랄 만한 일일까? 뇌스틀링거도 그런 아이 가운데 하나였다. 이때부터 그녀는 어떤 사실도 더 이상 무조건 받아들이지 않았다. 다수의 의견을 불신했고, 소수자나 사회의 이단아들에게 연대감을 느꼈으며, 모든 형태와 종류의 불평등을 직감하는 능력을 철저하게 발달시켰다.

그렇지만 이러한 태도 때문에 청소년기의 크리스티네는 학교에서 수많은 불편을 겪어야 했다. 더구나 가톨릭계 인문 고등학교였으니 더욱 그랬다. 그래도 가족들이 꼭 필요한 것을 지원해 주어서 학교 생활을 그리 어렵지 않게 견뎌 냈다.

"작가가 될 조짐 같은 건 학창 시절 내내 한 번도 보인 적이 없었어요. 내가 쓴 작문들은 언제나 나쁜 점수를 받았죠. 고상한 여선생님들은 내 글을 마음에 들어 하지 않았어요. 내가 읽는 것들도 마음에 들어 하지 않았고요. 난 책을 많이 읽었는데, 그 책들은 모두 선생님들의 개인 도서목록에 들어 있는 작가들 거였죠. 투콜스키[4], 브레히트[5], 링엘나츠[6], 에리히 캐스트너[7]나 그들과 비

---

4) 쿠르트 투콜스키(1890~1935). 독일의 작가이자 언론인으로, 바이마르 공화국의 중요한 출판인으로 손꼽힌다. 《세계무대》라는 주간지를 발행하여 사회 비판가로 활약했다. 정치시사극, 소설, 시, 노랫말 등 다양한 장르의 글을 썼고, 사회민주주의자이자 평화주의자로 군대 해체를 주장하고 나치즘의 위험을 경고했다.
5) 베르톨트 브레히트(1898~1956). 독일의 영향력 있는 극작가이자 연출가이며 시인이다. 사회주의 성격의 연극을 연출했고 서사극의 창시자로 유명하다.

숫하게 비중 있는 작가들이었어요. 그렇지만 이런 일 때문에 조금도 애태우진 않았어요. 만약 수학 시험에서 나쁜 점수를 받았다면 많이 속상했겠지만요. 보기 드문 나쁜 점수 '양'을 받는 일에 대단한 자부심까지 느꼈어요. 이런 일들은 내가 뭔가에 '용기'를 내어 '항의'하고 있고, 절대 옳다고 판단할 수 없는 지배 질서, 용납할 수 없는 권위와 질서에 아무 저항 없이 순응하지 않는다는 느낌을 주었고, 그 증거가 되어 주었죠."

실제로 수학은 뇌스틀링거가 가장 좋아하는 과목이었다.

"첫째, 나를 절대로 전형적인 여성의 역할에 끼워 맞추고 싶지 않았고, 둘째 수학은 아주 쉬웠어요. 독일어 과목은 좀 문제가 있었어요. 사투리를 엄청 세게 썼거든요. 김나지움[8]에서는 사투리 쓰는 걸 좋아하지 않았어요. 어쨌든 난 한 번도 선생님들이 원하는 대로 '예쁘게' 말할 수가 없었어요. 게다가 선생님들은 다 내가 언니처럼 얌전하고 부지런하길 바랐어요. 하지만 난 그렇지

6) 요아힘 링엘나츠(1883~1934). 독일의 작가이자 정치시사극 배우이며 화가이다. '쿠텔 다델두'라는 인위적 인물에 관한 시를 짓고 정치시사극에 등장시켜 커다란 반향을 일으켰다.
7) 에리히 캐스트너(1899~1974). 독일의 작가이자 극본가이고 정치시사극 작가이기도 하다. 사회 풍자적이고 시대 비판적인 시와 어린이책 『에밀과 탐정들』, 『하늘을 나는 교실』 등으로 유명하다.
8) 초등학교와 대학교 사이의 9년제 교육기관. 주로 대학 진학을 목표로 하는 학생들이 입학한다.

않았죠."

우리는 크리스티네 뇌스틀링거에게 가장 좋아했던 선생님에 대해 질문을 던졌다. 이제까지 들려준 그 어떤 이야기보다 이 대답은 적잖이 놀라웠다.

"단 한 명도 좋아하지 않았어요. 그건 확실해요. 많은 선생들과는 좀 괜찮게 지냈고, 또 많은 선생들과는 더 못 지냈고 그랬죠. 여러 선생들을 보면 소름이 돋았어요. 나치 당시 김나지움에서 수업을 하다 전쟁 후에는 언제 나치를 추종했냐는 듯 싹 달라진 행동을 하는 선생들을 왜 진지하게 대해야 하는지 도무지 납득할 수 없었어요."

빈에 있는 편안한 집의 거실에서 지나간 전쟁 이야기를 하는 것이 시대에 뒤처졌다고 말할 수는 없다. 사실 우리가 크리스티네 뇌스틀링거의 어린 시절에 대해서만 질문을 한 건 아니다. 뇌스틀링거의 책 목록을 살펴보면 1972년에서 1995년 사이에 쓴 논문과 연설문, 인터뷰를 모은 책이 있다. 제목은 『아무것도 계획하지 않았다』이다. 이 책에 인상적인 서문이 한 편 들어 있다. 로버트 뉴만스가 지은 『빈의 아이들』에 실린 서문이다.

『빈의 아이들』이 만들어진 과정을 잠시 살펴보자. 이 책은 원래 영어로 쓰여졌고 『비엔나의 아이들』이란 제목으로 1946년에 처음 출판되었다. 곧 이어 18개 언어로 번역되었지만, 놀랍게도 독일어 번역은 이뤄지지 않았다. 전쟁이 끝나고 거의 30년이 지난 1974년에 이르러서야 독일어판 『빈의 아이들』이 출간되었다. 이 책에는 1945년 빈의 아이들 다섯이 살아남으려고 몸부림치는 모습이 생생하게 묘사되어 있다.

늘 되풀이하는 소리지만, 크리스티네 뇌스틀링거는 자신이 이러한 책의 서문을 쓸 능력이 없다고 여겼다. 그러면서도 자신만의 독특한, 분명하고도 함축적인 문장으로 꼬마 크리스티네의 눈에 비친 시대 상황을 이 서문에 담았다. 그녀는 글머리에서 여러 가지 음식을 묘사한다. 굶주림을 면해야만 하기에 소련과 미국, 스웨덴으로부터 원조받은 음식에 관한 이야기다. 그렇지만 끝없이 이어지는 궁핍과 생필품 부족에도 불구하고 자존심을 내던지지 않은 아이들이 있었다.

"그때 속이 따끔거리고 쑤실 만큼 배를 주리면서도 끈적거리고 거무죽죽하고 미지근한 수프에 숟가락을 대려 들지 않던 아이들이 있었다."(『빈의 아이들』, 9쪽)

"어린아이였던 나는 이런 일들을 아무렇지도 않게 받아들였다. 폭탄이 떨어진다. 노동자들이 사는 바로 그곳에서. 러시아 군인들이 약탈과 성폭행을 자행한다. 노동자들이 사는 바로 그곳에서. 나일론 옷감과 인스턴트 커피의 대가로 미국 군인들에게 동침을 허락한다. 노동자들이 사는 바로 그곳에서. …… 아이들은 그 당시 모든 것을 받아들였다. 뭔가 잘못되었다는 생각은 조금도 하지 않았다. 전쟁을, 폭탄과 나치와 전쟁 종결, 해방, 굶주림, 원조 그 모든 것을. 다른 어떤 것도, 어쩌면 비극에 맞서 할 수 있는 어떤 일도 겪어 보지 못했다."(『빈의 아이들』, 9쪽)

인터뷰를 하면서 뇌스틀링거는 요즘 청소년들의 정치적 무관심에 대해 한탄했는데, 그건 그리 놀랄 일도 아니었다. 열 살짜리 아이였을 때 그녀는 벌써 누가 나치의 자식이고 누가 공산주의자의 자식이며, 또 누가 사회주의자의 자식인지 정확히 알고 있었다. 뇌스틀링거는 물론 사회주의자의 자식이었지만, 공산주의자 아이들이 그랬듯이 이에 대해 입을 다물었다. 그녀는 사회주의자들 역시 기회주의적이었다고 거리낌 없이 시인한다.

"우리는 방향이 없었다. 도덕도 없었다. 난 할아버지가 그 '멍청한 미국놈들', '그 망할 놈의 농부 자식' 하며 큰 소리로 욕을 해대는 것이 좋았다. 난 미국 군인이 껌을 하나 주며 나를 보고 웃어 주는 것이 좋았다. 난 엄마가 전쟁이 끝나는 날을 이야기하며 우리 집을 숙소로 삼은 러시아 군인들을 칭찬할 때면 기분이 좋았다. 그 군인들은 우리한테 아주 친절했기 때문이다. 친구들이

러시아 사람들을 욕하고 '인간 이하'라고 몰아세울 때, 난 단 한 마디도 반대하지 않았다. 난 고향으로 돌아온 나치들의 집에 쭈그리고 앉아 버터 바른 빵을 우걱우걱 먹어 대고, 나치들이 유대인을 청소한 이야기에 귀를 쫑긋 세웠다. 난 고향으로 돌아온 유대인들의 집에 쭈그리고 앉아 콘플레이크를 우걱우걱 먹어 대고 그들이 나치에게 내뱉을 수밖에 없는 이야기에 귀를 쫑긋 세웠다. ―도덕과 예의는 그곳 사람들에게 아무런 역할도 하지 못했다."(『빈의 아이들』, 10쪽)

깊은 인상을 남기는, 한 여성의 용기 있고 강렬한 문장들이다.

2. 가족 이야기

아버지가 아이의 성장에 정서적으로나 교육적으로 중요한 역할을 한다는 사실은 발달심리학이 학문의 한 분야로 정착하기 시작한 무렵까지도 잘 알려져 있지 않았다. 아버지와 남자 형제, 가까운 남자 친척들을 전쟁에서 잃어버린 아이들이라면 누구나 자신이 겪은 상실을 다양한 방식으로 소화해야 했다.

크리스티네 뇌스틀링거도 불행을 겪었지만 그래도 운이 좋은 편이었다. 아버지가 부상을 당하긴 했지만 전쟁이 채 끝나기 전에 가족 품으로 돌아올 수 있었기 때문이다. 아버지는 부상을 입어 빈의 라자렛 병원으로 후송되었는데, 붉은 군대가 진격해 오자 이 병원은 철수해야 했고 어쩔 수 없이 아버지를 포기했다. 그녀의 첫 번째 자전 소설 『날아라, 풍뎅이야!』에서보다 『오월의 2

주 동안』에서 아버지는 더욱 중요한 역할을 맡고 있다.

이 이야기는 평화기의 몇 년을 배경으로 한 여자아이가 열한 살부터 열세 살까지 겪은 여러 일들을 그리고 있다. 그 당시 크리스티네가 바로 이 여자아이 또래였다. 이 글은 아버지와의 관계를 여러 각도에서 묘사하고 있다. 아버지는 시계공 자영업자로 주로 시계를 수리했는데 집에서 일을 했다. 작업실은 그 누구보다도 특히 엄마에게 출입이 금지된 장소였다. 아버지는 엄마가 이곳을 정돈하는 것을 허락하지 않았을 뿐더러 잠자리조차 이 공간에 마련했다. 아버지는 흔히 말하는 '야행성'이었고, 사방이 어둑어둑해져야 비로소 삶을 향한 의지가 깨어났다. 그러면 밤늦게까지 책을 읽었다. 이러한 생활은 그 당시 시각에서 보면 관습에서 상당히 벗어난 태도였고, 지금 보아도 그녀의 아버지는 확실히 평범하지 않은 사람이었다.

"아버지가 따귀를 때릴 수 있을지도 모른다는 상상은 우스꽝스러운 일이었다. 그런 일은 정말 불가능하니까! 아버지는 그 누구의 뺨도 때릴 수 없었다. 그런 일에는 어울리지 않는 손을 가지고 있었다. 아주 긴 손가락에 가느다란 손, 무척 따뜻한 갈색 빛이 도는 손이었다. 손등에는 핏줄 하나하나가 드러나 있는, 살점이라고는 하나도 붙어 있지 않은 마른 손이었다. 이 손 두 개는

시계를 수리하거나 뭔가를 쓰다듬고, 비누 거품을 튕겨 내고 책
장을 넘기는 일에나 쓰이는 손이었다."

『오월의 2주 동안』에 적힌 글이다.

할아버지는 전쟁에 동원되기에는 너무 나이가 들었지만, 아버
지를 잃은 아이들의 어린 시절에 중요한 역할을 해 주었고 임시
로나마 아버지 몫을 대신해 주었다. 이 두 남자는 나이 어린 크리
스티네를 친밀하게 '꼬맹아'라고 불렀다. 그러나 어린 크리스티
네는 가족들 모두가 자신을 이 정감 어린 호칭으로 부르게 허락
하진 않았다.

『오월의 2주 동안』에서는 할아버지에 대한 근사한 표현들을
찾아볼 수 있다. 아이가 학교를 빼먹고 할아버지, 할머니 댁으로
숨어든다. 매우 이른 아침이었고 할아버지는 아직 아침에 볼일
을 마치지 못한 상태였다. 또 바로 전날에는 소란스러운 일이 있
었다. 할아버지의 연애사건 때문이었다. 할머니는 할아버지가
공동주택 맨 위층에 사는 빨간 머리 여자와 연애질을 벌였다고
야단법석을 피웠다.

"할아버지는 정말 키가 크다. 팔도 가늘고 다리도 가늘다. 배
는 빵빵한 공 모양이다. 할아버지는 이 공 모양 배가 기름이 껴서
그런 게 아니라고 분명히 얘기해 주었다. 할아버지는 자기 배를

'가스가 꽉 찬 풍선'이라고 불렀다.

할아버지는 뱃속 어딘가 두 군데에 궤양을 앓고 있었다. 이 궤양 때문에 할머니가 요리한 음식은 소화가 안 됐다. 그래서 할머니가 만든 음식을 먹으면 배에 가스가 차 사납게 트림을 하고 방귀를 뀌며 반항을 했다. 그러고 나면 할아버지는 속이 조금 편해져서 한숨을 내쉬었다. 뱃속에 들어찬 가스가 어느 정도 빠져나갔기 때문이다.

나는 할아버지를 주의 깊게 살펴보았다. 자글자글 주름진 백지장 같은 종아리 피부 밑으로 굵고 파란 혈관이 드러나 있다. 정맥류. 난 할아버지가 정맥류 때문에 자주 아파하는 것을 알고 있었다. …… 그러나 그날 아침, 난 정맥류에 관심이 없었다. 이날 아침에는 가려지지 않은 할아버지의 어떤 것에, 이제까지 단 한 번도 관심을 가진 적 없던 그것에 관심이 쏠렸다. 난 할아버지가 '고추'라고 불렀던 것에 정신이 팔렸다. 고리 모양 흰색 털을 보았고 그 사이로 선홍색의 작은 페니스를 보았다. 갑자기 모든 것이 분명해졌다. 그 '빨간 머리 여자' 이야기는 그저 미나 아줌마가 꾸며 낸 이야기일 뿐이었다. …… 그 몸은, 콧수염에 이르기까지 발가벗은 그 몸은 할아버지의 무죄를 입증해 주기에 충분했다. 이런 모습을 하고 있는 사람은, 그런 '고추'를 달고 있는 사람은 연애질과는 아무런 상관이 없을 게 분명했다. 게다가 할아버지는 그 누구보다 나를 사랑하고 있다."

엄마와는 늘 조금씩 불편한 관계였다. 아마도 엄마는 두 딸을 똑같이 수월하게 키우고 싶어 했을 테고, 작은딸의 반항적인 태도를 아버지만큼 여유 있게 받아 주지 못했을 것이다.

『오월의 2주 동안』에서 뇌스틀링거는 자신이 좋아한 수학 과목을 빌려 가족 사이의 관계도를 그려 낸다.

"난 수학을 좋아했다. 삼각형의 선을 그어 대칭각들이 한 치의 오차도 없이 한 지점에서 정확하게 만나도록 선을 긋는 데 단연코 최고였다. 반 아이들 어느 누구도 나를 따라잡지 못했다. 기차가 A와 B의 서로 다른 출발점에서 서로 다른 시간에 서로 다른 속도로 달릴 때 만나는 지점을 계산해 내는 것 역시 내 특기였다. 내 모든 명예를 걸고 힘을 모아 배움에 집중한 것은 수학이었다. 수학은 결국 생각하기였다. 수학에서 뛰어나다는 건 바로 똑똑한 사람이라는 뜻이었다. 수학에서 아무것도 할 수 없다는 건 명청이를 의미했다. 그 누군가가 이런 사실을 나한테 알려 준 건 아니다. 식구들 상황에 맞춰 스스로 그런 결론을 이끌어 낸 거다.

할머니는 10이 넘는 숫자를 셈하는 것을 힘들어하셨다. 엄마는 초등학교 계산 숙제를 검사해 주면서 이미 어려움을 겪었다.

이제 내가 계산해야 하는 문제들을 도통 이해하지 못했다. 언니는 비록 성적표에 좋은 점수를 받아 오긴 했지만 수학 때문에 애를 먹고 괴로워했다. 그렇지만 할아버지나 아버지는 언니가 더이상 풀 수 없는 수학 문제들을 풀었다. 김나지움을 다닌 적도 없는데 말이다.

할아버지―아버지―딸로 곧장 이어지는 계보는 가치 있고 행복한 것이었다. 그러나 할머니―엄마―딸로 이어지는 계보는 적어도 '계산 능력'을 통해 끊어져야 했다."

이러한 가족 배경을 볼 때 크리스티네가 아무 문제 없이 김나지움을 졸업하는 일은 보장된 셈이었다. 가족들은 공공연하게 학교라는 존재와 밀접하게 관계를 맺고 언제나 기쁨과 고통을 함께했다. 크리스티네 뇌스틀링거는 2003년 아스트리드 린드그렌 기념상 수상 연설에서 자신의 이력을 밝혔다.

"언니가 대학에서 공부를 시작하고 이어서 나도 응용미술 아카데미에서 공부를 시작했어요. 여학교에 다닌 건 정말 운이 없는 일이었어요. 이상하게도 내가 다닌 여학교에는 그림을 빼어나게 그리는 학생이 한 명도 없었어요. 나는 그럭저럭 괜찮게 그리는 정도였는데, 경쟁자가 없다 보니 내 재능이 대단하다고 착각하게 되었죠. 내 재능이 평범하다는 사실을 파악하는 데는 두 학기가 걸렸어요. 그리고 이 사실을 직시하고 멋진 그래픽 디자이너가 되겠다는 꿈을 완전히 포기하기까지, 또 학업을 마치고 아무 사무직이나 찾겠다고 결심하기까지 몇 학기를 더 보냈어요."

그녀는 사무직 일을 하며 행복하지 못했다. 비록 '속기로 받아적거나 신속하게 타자 치기' 같은 사무를 꽤 잘할 수 있었지만 말이다. 1950년대 후반 이러한 무미건조한 삶의 현장에서 빠져나오는 길은 바로 결혼이었다. 결혼을 하고, 재빨리 연년생으로 두 아이를 세상에 내보내고 주부이자 엄마로 자리를 굳혔다.

"되돌아보면 그랬어요. 그때 이러한 선택들이 무엇을 뜻하는지 고집스럽게 외면하고는, 아기가 있어 직업을 가질 수 있는 길이 막혔다며 억지를 부렸죠!"

그리고 그녀는 음식을 하고 뜨개질을 하며 앙증맞고 예쁜 아이들 옷과 자신을 위해 "조금도 빠지지 않는 예쁜 의상들"을 재봉질했다. 마르쿠스나 아도르노의 글들도 조금씩 읽었다.

"권위적이지 않은 방식으로 아이들을 키우려 했고 손님들도 많이 초대했어요. 가끔씩은 날이 새도록 어린 시절 이상이었던 자유와 평등과 연대를 우리 사회에서 실현하기 위해 무엇을 해야 할지 뜨겁게 토론을 벌였어요. 사실 그리 나쁜 생활은 아니었지만 내게 벌어지는 일들이 그리 만족스럽지도 않았죠. 그러던 어느 날 받은 충격은 아직도 생생해요. 여권을 연장하러 갔는데 담당 관리가 여권에 적혀 있는 '학생' 위에 세 줄을 죽죽 긋더니 그 위에 멋진 글자체로 '주부'라고 써 넣었어요. 정말이지 그 여권을 내동댕이치고 싶더군요. 평생 주부로 살려던 건 아니었으니까요! 난 스스로에게 말했어요. 내 안에 있는 것들을 더 많이 꺼내야 한다고요."

그렇다면 그녀는 글을 쓰는 엄마로서 일상생활을 어떻게 꾸려 갔을까? 어디서 도움을 받았을까?

"남편은 아이들을 돌봐 주지 않았어요."

그녀는 원망하는 기색이라고는 조금도 없이 대답을 이어 갔다.

"엄마가 정말 많이 도와주셨어요. 비행기를 타고 어디론가 먼 여행을 떠나거나 학회나 독일 출판사 등으로 출장을 가면 엄마가 아이들을 맡아 주셨어요. 저녁에 내가 집에 없을 때면 언제든지 아이들을 재워 주셨고요. 엄마가 안 계셨다면 아마 일을 계속 하지 못했을 거예요."

뇌스틀링거의 작품에서 아이들 일상은 우선 평범하지 않은 가족 사이에서 전개된다. 아이들 일상은 판타지를 통해 풍요로워지고, 식구들 모두가 뭔가 기이한 상황으로 자주 치닫는다. 이러한 이야기를 지어내는 작가에게 가족은 얼마나 중요할까? 그녀는 이른바 '가족형 인간'일까?

손녀 네테(12세)와 난도(9세)가 집에 오면 그녀의 책에 나오는 것과 비슷한 상황이 펼쳐진다. 둘째 딸 크리스티아네는 남편 파트릭과 벨기에에 살면서 열대의학연구소의 심리학자로 일한다. 사위는 조직 연구를 전공한 대학 교수다. 크리스티네 뇌스틀링거는 가족의 삶에 대해 이렇게 이야기한다.

"손주들이 오면 참 좋아요. 여름 방학이면 애들이 나한테 와요. 부모 둘 다 일을 하니까요. 성탄절에도 옵니다. 일 년에 서너 번은 애들을 돌보러 내가 안트베르펜으로 비행기를 타고 날아가요. 어쩌다 부모 둘 다 학회에 참석해야 해서 아이들을 돌볼 사람이 아무도 없으면 말이죠. 그걸로 나는 충분합니다. 난 손주들을 매일 볼 수 없어 안타까워하는 유의 할머니는 못 되지요."

첫째 딸 바바라는 전산정보 기사이자 영상예술가다. 엄마가 그림책 삽화를 한 번 그렸던 것처럼 두 딸 모두 뇌스틀링거의 책에 그림을 그렸다.

"가족이라는 울타리 안에 있는 모든 사람을 무척 좋아하지만, 그렇다고 꼭 식구들을 곁에 두고 어떻게 지내는지 알아야 하는 건 아니라고 봐요. 그저 잘 지내고 있으면 아주 만족스럽죠. 어디서나 자신들의 삶을 즐기고 있다면요. 성탄절에 아이들은 우리 집에 오고 싶어 해요. 사실 내가 애들한테 가면 더 좋겠어요. 그렇지만 벨기에에 사는 딸네는 성탄절 휴가 때만 안트베르펜을 떠나요. 크리스티아네는 먼 곳으로 비행하는 일을 고생스럽게 여기기도 하지만, 비행기 티켓을 더 이상 구할 수가 없는 거죠. 그렇다고 아이들이 성탄절을 항상 빈에서 보내겠다고 결정한 건 아니에요. 쿠바로 비행할 수 있다면, 그러니까 아이들에게 내가 성탄절을 맞아 쿠바 여행을 선물한다면, 아이들은 쿠바로 떠나겠지요. 그러나 딸과 사위가 닷새의 휴가 동안 장을 보고 요리를 하느니 차라리 빈으로 와서 나한테 도움을 받는 게 나은 거죠. 아이들이 오는 건 당연히 반대하지 않아요."

요즈음 뇌스틀링거의 일상은 조용한 아침 시간과 일이 많은 오전·오후 시간, 그리고 대체로 긴 저녁 시간으로 짜여 있다.

"8시 반에 일어나고, 가끔씩 남편이 일찍 깨서 아침 식사를 준비해요. 아니면 내가 준비하고요. 그리고 나서 남편은 장을 보러 갑니다. 이어서 '낱말 맞히기'를 푸는데, 그날 신문에 따라 달라요. '쉬움'이라고 표시되어 있으면 아예 손도 대지 않아요. 너무 쉬우니까요. 그런데 낱말 퍼즐이 무척 어려우면 거의 한 시간이 걸려요. 그런 다음 일을 하려고 자리에 앉아요. 남편은 점심 식사를 준비해요. 조리할 필요가 없는 차가운 음식들이죠. 그런 뒤 다시 글을 쓰거나 저녁 식사를 준비하기 위해 장을 보러 갑니다. 히이칭[1]이나 그라벤의 마이늘로요. 우리끼리 있으면 요리할 양이 많지 않아요.

하지만 손님들이 꽤 자주 오는 편이라 5시부터 요리에 달려드는 일이 많아요. 난 요리하는 걸 정말 좋아해요. 먹는 것은 좋아하지 않지만요. 정말 얼마 되지 않는 사람 가운데 하나죠. 요리하는 건 엄청 즐기는데 먹는 건 별로 좋아하지 않는 사람요. 무슨 음식을 좋아하는지도 말하기가 힘들 정도죠. 아무것도 안 먹거나 아주 조금만 먹었으면 해요."

이런 얘기를 들으면 그녀가 아주 소박하게 먹고 사는 것 같지만 뇌스틀링거의 수많은 손님들은 이와 다른 이야기를 전한다. Ö1[2]의 편집장 콘라드 홀처는 그녀의 예순다섯 번째 생일을 기념해서 문학과 미식이라는 주제로 책 한 권을 출간했다. 『피소시지[3]와 그뤼너 벨틀리너[4]—크리스티네 뇌스틀링거의 미식에 대한 관심』이라는 책이다. (1000 und 1 Buch, 2001. 3)

---

1) 빈의 13구역에 위치한다.
2) Österreich(ORF)1의 약자. ORF는 오스트리아는 물론 유럽 전역에 수신되는 오스트리아 공영방송이다. 광고가 없고 문화 · 교양 프로그램 위주로 방송이 편성되며, Ö1, Ö2, Ö3으로 나뉘어 있다. 뉴스는 영어, 독어, 프랑스어 3개 국어로 방송된다.
3) 돼지 피와 고기 등을 넣어 만든, 한국의 순대와 비슷한 소시지.
4) 오스트리아에 널리 퍼진 와인용 청포도.

"1970년대 후반 어느 날 Ö3의 아침 라디오는 식사 거부로 시작했다. 쥐 쥐이 비셔 주니어[5]는 아침을 거르려 했다. 신경성 위산 과다증이 도져 가뜩이나 스트레스가 많은 학교 생활이 더 힘들어졌다. 그런데 시간이 좀 흘러 쉬는 시간이 되자, 어느새 그는 '식욕과 군것질에 관한 문제'에 대해 열을 올려 얘기할 수 있었다.

'내가 싸온 빵은 대체 뭐람? 짝꿍은 꿀이랑 땅콩 잼을 바른 데다 에멘탈러 치즈를 넣은 고급 샌드위치를 우적우적 먹고 있는데. 게다가 지우개를 두 개나 주고 더블 피소시지 샌드위치를 짝꿍의 맛깔스러운 음식이랑 거의 바꿀 뻔했는데, 뭘 보냐? 뭔 냄새를 맡고 킁킁거리냐고? 키엘 프로 비쉬가 허벅지 훈제 햄 샌드위치를 쩝쩝거리고 있네. 이 샌드위치야말로 정말 최고라고. 언제나 지금 입맛에 딱 맞는 게 간식 통에 들어 있을까! 어제는 그랬지. 콜라비랑 토마토를 멋지게 끼워 넣어서. 그러니까 친구들이 몰려들어 한 입씩 먹었잖아. 토마토랑 곡물채소 동그랑땡을 가운데 발톱으로 다 찍어 먹어 하나도 남지 않을 때까지 말야.'

여기까지는 쥐 쥐이 비셔 주니어의 방송 내용이다.

---

5) 1970년대 최고의 인기를 누리던 라디오 방송으로 뇌스틀링거가 대본을 쓴 〈빗자루 가족 이야기〉. 주인공은 아이 빗자루로 칭찬을 받으면 키가 크고 욕을 먹으면 키가 줄어드는 데다 치열이 3중으로 나고 복슬거리는 꼬리가 달린 특이한 외모를 지녔으며, 상황과 기분에 따라 외모가 자유자재로 바뀐다.

한 출판인이 이 방송을 귀 기울여 들었다. 귀가 있는 사람이라면 크리스티네 뇌스틀링거의 미식가적 감각을 알아차리고도 남을 터였다. 이 출판인은 후베르트 흘라드예로, 그는 요리와 요리책에 대한 사랑을 그녀와 공유할 수 있었고, 그녀와 마찬가지로 현실과 동떨어진 요리책을 비판했다. 그는 뇌스틀링거를 설득하여 요리책을 한 권 쓰게 했다. 『두 개의 서툰 요리 스푼으로』라는 제목에 '요리를 싫어하는 이들을 위한 간단한 여가 활동'이라는 부제가 붙은 책이다.

이 책은 출간 두 달 만에 1만 권이 팔렸지만 베스트셀러에는 한 번도 오르지 못해 베스트셀러 목록이 제대로 선정된 것인지 의심을 사기도 했다. 이 책은 부엌에서 꽤 자주 사용되었고, 심지어는 장보기 목록용으로 들고 다니는 것을 본 목격자도 많다.

이러한 성공에 힘입어 이 작가와 출판인은 두 번째 책을 기획한다. 두 번째 책은 앞선 책의 연장선에 있어선 안 되었다. 이번에는 남성을 위한 소박한 요리 모음집으로 『개 한 마리가 부엌에 왔다』라는 책이다.

크리스티네 뇌스틀링거는 이 책으로 유쾌하면서도 공감이 가게, 완벽하면서도 장난스럽게 다음 사실을 증명하는 데 성공했다. 곧 '모든 사람은 성별에 상관없이 요리를 할 수 있다. 입을 깜짝 놀라게 하는 감칠맛을 구별할 수 있다면'이라는 사실 말이다.

이 책은 주부들의 '비밀 제례'라 할 수 있는 요리 비법을 벗기는 계기가 되기도 했다. 뇌스틀링거는 자신이 즐겁게 먹는 것을 요리하고 싶어 했고, 그 음식으로 손님들 입을 호강시키고 다른 이들에게도 그 비법을 나눠 주고 싶어 했다.

개인적으로도 그녀는 완벽한 요리사다. 절대 무리하지 않고, 항상 어떻게 요리할 것인지를 정확히 구상하고, 최상의 재료를 찾는 탁월한 감각을 지니고 있다.

크리스티네 뇌스틀링거가 개인적으로 미식가적 생활을 한다는 사실을 뒷받침하는 흔적은 꽤 있다. 그녀가 빈에서 가장 좋아하는 음식점이 슈나틀이라는 점이나, 가장 좋아하는 요리책 작가가 에카르트 비치그만이라는 사실이 그 일례다(그녀는 파울 보쿠제를 사기꾼 취급한다). 또 와인 중에서는 와인 지구에서 생산하는 그뤼너 벨틀리너를 가장 좋아하고, 와인 이외에 좋아하는 음료는 바이센키르헤 산 헤르메네글리드 망 샴페인이라고 한다."

숲 지대에 있는 거처에 머물 경우에도 이 작가는 입 안의 즐거움을 놓치지 않는다. 츠베틀 근처에 위치한 알트멜론에서 크리스티네 뇌스틀링거의 일과는 빈에서와는 완전히 다르다.

"숲 지대에서 장을 보려면 자동차를 타야 해요. 나처럼 성격이

괴팍한 사람은 알트멜론에서 장을 볼 수가 없어 40킬로미터를 운전해서 츠베틀로 가지요. 그곳에는 최소한 슈파[6]가 있어서 제대로 된 허벅지 훈제 햄을 살 수 있거든요. 또 벽난로에 불을 지펴야 하고 겨울에는 삽으로 쌓인 눈을 퍼 내야 해요. 하루가 완전히 다르게 흘러가지요."

그녀의 일흔 번째 생일을 맞아 지그프리트 베거[7]가 이 작가를 방문했다. 그는 숲 지대에 있는 그녀의 거처에서 받은 인상을 「프리드리케와 프란츠와 친구들」(《여성 세계》, 2006. 10)에서 아래와 같이 묘사했다.

"작은 마을 여럿을 이어 주는 좁은 길을 따라 늪을 지나고 들판과 경작지를 지난다. 이 길들은 짐을 옮기는 짐차들로 닳고 닳아 숲 속으로 흘러 들어간다. 비를 머금어 무거워진 가문비나무 가지에서 빗방울이 뚝뚝 떨어지고 늪 지대 사이에서 파리버섯이 선홍색 빛을 발한다. 공처럼 둥근 화강암 덩어리가 길이 난 방향을 향해 오이대왕처럼 웅크리고 앉아 촉촉히 젖어 빛난다. 마치 신선한 식초수에서 갓 빠져나온 것 같다. …… 아니다. 난 아스트리

---

6) 오스트리아의 대형 슈퍼마켓 체인점.
7) 교사이자 청소년 잡지 《젊은 오스트리아》(Jü-Jung Österreich) 편집자이며 작가로도 활동하고 있다.

드 린드그렌을 찾아 스웨덴에 있는 것이 아니다. 마술로 가득한 한여름의 숲 지대 풍경 속으로 크리스티네 뇌스틀링거를 찾아가고 있는 중이다. 그녀는 빈에 살고 있지만 알트멜론에서 그리 멀지 않은 디트리히스바흐에 작은 집을 가지고 있다.

날 친절하게 맞아 준다. 뇌스틀링거 씨는 내게 신발을 신고 있으라고 한다. 굳이 신발을 신고 철퍼덕거리며 집안을 휘젓고 다녀야 할까? 그런데 이 집 여주인이 맹목적으로 질서를 강요하는 사람이나 청소벽이 있는 주부와 맞서 싸우고 있다면?"

다시 빈의 거실로 돌아오자. 이곳에서도 마찬가지로 신발을 신고 있어도 된다. 과연 누가 청소를 할까?

"일주일에 두 번 이곳을 청소하는 사람이 있어요. 정확히 말하면 청소해 주는 아가씨예요. 이 아가씨가 청소를 잘한다고 말하긴 어렵지만 아주 친절하죠. 난 청소기 돌리는 일이라면 질색이에요. 이제까지 살면서 청소기를 돌려 본 적이 거의 없어요. 청소기는 완전히 거부감을 주는 기계이고 청소와 관련된 거라면 좋아하는 게 아무것도 없어요. 단 한 가지도요. 나와는 정반대인 사람들을 몇 명 알고 있어요. 이 사람들은 눈 깜짝할 사이에 집 안을 깨끗하게 해 놓고 소파에 누웠다가, 소파에서 3미터 떨어진 곳에 뭔가 청소할 게 보이면 튀어 일어나 집 안 전체를 청소기로 밀지요. 그러고는 아주 자랑스러워해요. 그런 사람들이 있어요. 정말로요."

뇌스틀링거가 그런 부류에 속하지 않음은 분명하다.

집에서의 편안한 저녁 시간은 그녀의 친구들과 더불어 풍요로워진다. 이미 우리가 알고 있듯이 이 친구들은 즐겁게 음식을 대접받으면서 흥미진진한 토론을 벌인다. 친구들과 함께하는 시간이 충분하느냐는 질문을 받고 크리스티네 뇌스틀링거가 대답한다.

"충분한 시간이란 게 뭐죠? 친구 없이는 그 어떤 삶도 살고 싶지 않은걸요. 난 이미 친구들이 있고 그 친구들을 정기적으로 만나요. 물론 내가 빈에 머무느냐 숲 지대에 머무느냐에 따라 다르긴 해요. 친구들도 거의 주거주지 말고 다른 곳에도 집이 있어서 서로 방문하거나 만나는 일이 조금 어렵기도 하니까요. 숲 지대에서 친구들 별장이 있는 부르겐란트까지 가려면 네 시간이나 걸려요. 전에는 소수 몇 사람만 집이 두 채라서 나머지 사람들은 손님을 맞이하는 게 짐이 되고 한숨이 나왔지요. 주말에 여덟 명이한꺼번에 찾아오면 잠자리를 마련하기가 쉽지 않았으니까요. 저도 빈에 있을 때 친구들을 많이 만나요."

친구들을 초대하지도 초대받지도 않아서 저녁 시간이 비면 대부분 텔레비전에서 영화를 본다. 그녀는 텔레비전 보는 것을 그리 좋아하지 않는다. 오히려 라디오를 즐겨 듣는다. 무엇보다 라디오 채널 Ö1을 즐겨 듣는다. 단 방송에서 오페라 아리아가 흘러나오면 라디오를 끈다. "못 들어주겠거든요!"

뇌스틀링거는 연극과 영화 관람을 자주 포기해야 한다.

"일 년에 공연장을 찾는 일이 대여섯 번을 넘지 못하는 것 같아요. 빈에서는 입장권을 구하기가 정말 어려우니까요. 나같이 즉흥적인 사람에겐 석 달 전에 무슨 표를 예매해야겠다고 계획을 세우는 일 같은 건 절대 없어요. 정작 4주 전에 표를 구하려 해도 매진된 경우가 허다해요."

빈이 아니라면 그녀는 어디에서 살고 싶어 할까? 그녀는 자주 루카를 찾았고, 여기라면 기꺼이 살고 싶다고 생각했다고 한다.

"마음에 드는 다른 도시들도 그렇게 특별하게 다가오지는 않더군요. 루카는 토스카나 지방의 피사 근처에 있어요."

그렇지만 시골로 이사 가고 싶지는 않다. 거주지를 꼭 한 군데 결정해야 한다면 그녀는 빈을 고를 것이다.

"그뿐 아니라 나이가 아주 많은 사람들은 시골에서 살 수가 없어요. 나이 먹어 쇠약해진 상태에서 혼자 집에 있으면 안 된다고 봐요. 교외에 집이 있는 수많은 빈 사람들을 봐도 그래요. 이제

시골에서도 예전의 유대 관계를 더 이상 찾아볼 수 없어요. 게다가 공공 교통시설도 없으니 모든 일을 자동차로 해결해야 하는데, 더 이상 자동차를 운전할 수 없는 순간이 오지요. 그러면 더는 거기에서 살 수 없게 되죠. 원래 눈이 어두워지고 반사 신경의 반응 속도가 느려지면 운전을 그만둬야 한다는 게 내 생각이에요. 난 여든이 되어서도 변함없이 운전을 할 수 있다고 믿는, 절반은 눈이 먼 그런 유의 사람들에는 속하지 않아요."

얼만 전 그녀는 남편과 숲 지대에서 지냈다고 한다.

"좁은 길에서 운전을 하는데 우리 앞을 달리는 저 멍청이가 누군지 정말 궁금했어요. 왜 길 한가운데를 차지하고 시속 20킬로미터로 달리는 거죠? 앞 차를 힘들게 앞지르고 나서 누가 운전대를 쥐고 있는지 봤어요. 미라더라고요! 뼈마디가 앙상한 손에 머리에 모자를 쓰고 있는 미라요! 남편이랑 웃겨서 죽을 뻔했어요.

여든여섯 먹은 어떤 늙은 은행장이 로버 자동차를 타고 길 한가운데서 시속 20킬로미터로 달리고 있어요. 당신이 이 늙은이를 앞서 가려 할 때마다 갑자기 잠에서 깨어나는 것처럼 속도를 높이죠! 어쩔 수 없이 당신도 같은 속도로 가거나, 그 미라가 속도를 높이면 그 차 뒤에 처질 수밖에 없어요. 그러니까 어떻게든 그 차를 앞지르려고 마음을 먹게 되죠. 앞 차 운전자가 다시 굼벵이처럼 가니까요. 그 차를 츠베틀에서 봤는데, 자동차 뒤에 커다란 알림 글을 걸어 놓았더군요. '60년 무사고 차량. 아르뵈 (오스트리아 자동차 클럽) 기증'이라고요. 그래서 우리 둘이 이야기 했어요. 그래, 저 사람만 받은 상이지. 다른 사람들은 아니지."

그녀는 웃으면서 이 이야기를 들려주었다.

그렇다면 나이가 들면 전원 생활에서 좋은 점은 아무것도 없을까? 그녀는 빈에 있는 것을 가장 좋아할까?

그렇다. 그녀는 꽤나 자주 이사를 했다. 물론 모두 빈 안에서다. 우선 부모님과 함께 살던 헤르날스에 있는 게블러가세의 집에서 첫 남편이 있던 쉰브룬너슈트라세로 이사했다. 첫 남편과 이혼한 뒤에는 잠시 동안 엄마와 살았다.

"그런 다음 지금의 남편과 시내로 이사했어요. 쿠렌트가세였죠. 6층까지 나선형 계단이 놓인 공동주택 맨 위층 다락에서 살았어요. 그 뒤 다시 오타크링 지구로 이사했어요. 오타크링에서 이곳으로 이사를 왔고, 이곳에서 다시 요제프슈태터슈트라세로 나갔죠. 이 요제프슈태터슈트라세에서 다시 그 거리의 구석에 있는 피아리스텐가세의 펜트하우스로 이사했어요.

지금 사는 이 공동주택의 집 두 채를 딸들에게 넘겨줘서 아이들이 이 집에서 좀 살았어요. 그러다가 딸애 하나는 이사를 나갔어요. 미국으로 갔거든요. 지금 벨기에에 사는 그 딸이에요. 또 다른 애는 더 이상 이 근처에서 살고 싶어 하지 않았어요. 이곳은 돌대가리들이 사는 세계이고 아무 일도 일어나지 않는다면서 이사했죠. 그때 지금 쓰는 이 집이 완전히 비게 되었어요. 피아리스 텐가세의 펜트하우스는 정말 월세가 끔찍하게 비쌌어요. 월 3000유로였으니까요."

월세도 비쌌지만 집 크기도 어마어마했다.

"이런 집에서 살고 싶다고 생각한 적이 있었어요. 집에서 나가 겠다고 말하니까 주인이 월세를 낮춰 줄 수 있다고 했어요. 그런 데 계약을 맺을 때 임대 기간을 정하지 않고 계약하려는 게 문제 였죠. 집 주인이 바로 옆에 살고 있는 건축가였는데, 이 집을 자기 아이들에게 물려주고 싶어 하는 걸 눈치챘어요. 그러니까 주인이 요구하면 집을 내주어야 했는데, 그렇게 편리한 조건은 아니었죠. 그래서 우리가 살던 이곳으로 다시 돌아왔고, 집 두 채를 하나로 합쳤어요."

미래에 대한 계획을 묻자, 일흔 살이 되니 장기적인 계획은 더이상 세우지 않게 된다는 대답이 돌아왔다. 하지만 쿠바 여행은 할 거라고 했다. 이미 예약을 했다가 위장병 때문에 취소한 적도 있다고. 물론 질병은 얘깃거리도 되지 않지만 그녀는 덧붙였다.

"5년 전에 오랫동안 항암 치료와 암 수술을 받았다는 사실을 명심해야죠. 한 번 그런 일을 겪으면 해마다 아직도 살아 있다는 것에 기뻐하게 돼요. 당연히 두려움도 동시에 일죠. 이제 암이 완전히 사라졌다고 믿는다면 완벽한 얼간이겠죠. 그래서 장기 계획은 세우지 않고 태양이 비치기만 해도 그저 아름답다고 생각하게 되지요."

그렇지만 그녀는 계속 책을 쓰고 있다. '프란츠' 이야기를 하나 빨리 마무리하고, "그러고 나면 『떠돌이 로레타』라는 제목의 책 절반에 이 이야기를 끼워 넣을 겁니다. 재미있지 않을까요?"

3. 글쓰기 작업

크리스티네 뇌스틀링거는 30년 넘게 글을 쓰고 있다. 그 사이 120권도 넘는 책들이 세상에 나왔다. 꽤나 빠른 속도로 글을 썼음에 틀림없다. 아이 둘을 키우면서 칼럼리스트로, 오디오북 제작자로, 또 방송작가 등으로 활동하면서 주목할 만한 수많은 장·단편 동화와 소설을 출판하려면 분명 그랬을 것이다.

30년이란 세월은 개인이 변하는 긴 시간일 뿐 아니라 정보기술 역시 빠르고도 지속적인 발전이 거듭되는 시간이기도 하다. 크리스티네 뇌스틀링거는 어떤 방법으로 글을 써 왔을까? 또 요즈음은 어떻게 글을 쓰고 있을까?

"당연히 컴퓨터로 글을 쓰지요. 벌써 오래됐어요. 처음으로 사용한 게 그 유명한 애플사의 정육면체 컴퓨터인데, 아마 아직까지 다락 어딘가에 있을 거예요. 딸아이가 이건 버리면 안 된다고 해서요. 박물관 소장품이 될 만하죠. 기계로 작업하기 시작한 지는 20년쯤 된 것 같아요. 이제까지 글을 쓰는 데 사용한 도구들을 돌아보면, 맨 처음에 쓴 게 완두콩 모양 자판에 초록빛이 감돌던 올리베티 타자기인데, 그때까지는 수동식이었어요. 그러고 나서 전동식을 썼고 그 다음이 IBM 볼 타자기였죠. 이 볼 타자기를 정말 아꼈는데, 새빨간 색에 아주 멋졌어요. 이 IBM 다음에 요즘 쓰는 것 같은 컴퓨터가 들어왔죠.

벨기에 손주들 얘기를 하자면, 이 아이들은 독일어를 완벽하게 구사하지 못하는데, 타자라고 하지 않고 찍기 기계라고 했어요. 아이들은 이 찍기 기계한테 완전히 반해 버렸죠. 빈의 집에는 더 이상 타자기를 보관하지 않고 숲 지대에 뭔가 보관해 둔 것 같아요. 네테가 대여섯 살 때 처음으로 이 찍기 기계를 썼는데, 제 아버지가 전화를 거니까 전화기에 대고 이렇게 말했어요. '할머니랑 할아버지가 진짜 멋진 걸 갖고 계세요. 인쇄기가 달린 정말 멋진 컴퓨터예요!' "

과연 그녀는 어떻게 글을 쓰게 되었을까?

"딸들이 보던 어린이책에 끌려 그런 생각을 하게 되었어요. 내가 지닌 재능 정도로도 어린이책에 그림을 그릴 수 있을 것 같았거든요. 그렇다고 출판사에 연락해서 그림 작업과 관련해 계약을 맺을 수 있는지 물어보지는 못했어요. 너무 소심했거든요. 그렇게 했더라도 특별히 성공하지는 못했을 겁니다. 그래서 초보자들이 잘 하는 방식대로 하나의 '완성된 제품'을 출판사에 보내기로 마음먹었어요. 책을 그럴듯하게 만들려면 좋건 싫건 이야기를 하나 지어내야 했어요."

아스트리드 린드그렌 기념상 수상 연설에서 한 말이다.

"전 거의 2년을 공들여 이 이야기를 만들었어요. 한 문장 한 문장 빠짐없이 되묻고 수없이 지워 버리고 새롭게 고쳐 써야 했으니까요. 그러다 보니 나는 재능이 하나도 없는 걸 하려고 애쓰고 있는 것 같았죠. 그 작업을 하면서 한 가지 확신하게 된 능력이 있는데, 바로 내가 쓴 글들을 스스로 엄격하게 비판적으로 판단한다는 거였어요."

그녀는 마침내 완성된 작품을 한 출판사에 보냈다. 주소를 알고 있는 유일한 곳이었다.

"그 출판사가 정중하게 유감을 표시하며 원고를 되돌려 보냈다면, 장담하건대 난 그 책으로 어떤 출판사도 더 이상 괴롭히지 않았을 거예요. 그 대신 우울해져서 이렇게 생각했겠죠. '그러면 그렇지. 넌 이런 일도 할 수 없어!'"

그렇지만 출판사는 그 이야기를 출판하고 싶어 했다. 그리고 『불꽃머리 프리데리케』가 출판되자마자, 독일에서 매우 권위 있는 상을 받는다.[1] 단 그림이 아닌 글에 대한 상이었다.

"이렇게 상을 받고 나니 조금 혼란스러웠어요. 그림으로 상을 받았다면 더 좋았을 거예요. 그렇지만 좌절감에 빠져 있던 가정주부에게는 어떤 성공이든, 그게 글이든 그림이든 하나하나가 다 의미 있었죠."

사람들은 이야기가 어떻게 생겨난다고 상상할까? 작가들은 모든 사건의 전개를 머릿속에 완벽하게 가지고 있을까?

"줄거리를 어떻게 펼쳐 갈지 머릿속에 먼저 그려 놓아요. 그렇지만 실제로 글을 쓸 때는 생각지도 않았던 다른 뭔가가 생겨나요. 글을 쓰는 동안 새로 덧붙이기도 하고 고치기도 하죠. 그렇게 줄거리를 고쳐 쓰다 보면, 어느 순간 인물들이 미리 구상했던 대로 행동하지 않게 되리라는 사실이 확실해지죠. 정도 차이는 있지만 인물들이 저절로 독립해 나가는 거예요. 그러다 인물들을 더 자세히 묘사해 나가면서 갑작스럽게 알아차리죠. 맙소사, 이렇게 되면 안 되는데. 인물들이 해야 할 것들을 조금도 하지 않

---

1) 1972년에 프리드리히 뵈데커 상을 받았다. 독일어로 쓰여진 뛰어난 어린이·청소년 문학 작품에 2년에 한 번씩 수여하는 상이다.

는 거예요. 뭔가 달라져 버리죠.

또 글을 쓰기 시작하면 어찌 됐건 다른 생각들이 떠올라요. 예를 들어 재밌게 쓰고 싶으면 재미난 일이나 말장난이 생각나고, 그렇게 되면 갑자기 글 전체가 다른 방향으로 틀어지는 일이 자주 있어요. 그렇지만 프란츠나 미니처럼 저학년용 책을 쓸 때는 이미 캐릭터가 확실히 잡혀 있으니까 자연스럽게 전체 이야기를 머릿속에 넣고 쓰죠.

아니면 헤매기도 해요. 다 쓰고 났는데 갑자기 그렇게 될 수 없다는 걸 깨닫게 되죠. 그러면 단번에 아주 단순한 상황에 부딪혀요. 이런 일들은 뜨개질에 비교할 수 있어요. 잘못 짠 데가 한 곳 있다는 걸 알아차리면 어쩔 수 없이 뜨개질한 것 전부를 풀어야 하잖아요. 결코 즐기는 일은 아니지만 가끔씩은 그렇게 할 수밖에 없죠.

저는 대부분 책의 절반 가량을 구체적으로 계획하고, 사건을 어떻게 풀지 4분의 3 정도는 대충 구상해 놓아요. 그리고 이야기 마무리 부분은 비워 놓는 경우가 많아요. 미니나 프란츠 시리즈처럼 모든 것이 자세히 정해진 경우는 해당되지 않지만요."

뇌스틀링거는 이야기를 만들어 내기 위해 먼저 메모를 한다. 물론 공책에 하는데, 가로 줄이 쳐져 있어야 하며 몇 가지 조건을 갖춰야 한다.

"반드시 가장자리에는 세로 줄이 그어져 있어 수정할 수 있는 여백이 구분된 공책이어야 해요. 격자 무늬 공책을 손에 잡으면 이상하게 일이 제대로 되지 않아요. 가로 줄이 쳐 있고 수정할 수 있는 여백이 있어야 하고, A4 크기에 짙은 남색 표지 공책이면 가장 좋죠. 그런데 요즈음은 그런 색에 표지 위쪽에 빨강-하양-빨강 테두리로 된 네모 칸까지 있는 공책은 정말 드물어요. 난 항상 그 네모 칸에 '크리스티네-1B'라고 써넣어요. 왜 그렇게 하는지는 묻지 마세요. 언젠가 내가 1B 반이었겠죠. 아마 그래서 그럴 거예요."

오스트리아의 문학문서 보관 담당 책임자가 그녀의 메모 공책에 큰 관심을 보이며, 그 공책들을 다 사고 싶다고 말했다 한다.

"그런데 이런 공책은 한 권도 남겨 두지 않았어요. 책이 출판되는 순간 가지고 있던 메모 공책을 남김없이 버려 버리죠. 이런 자료들을 보관할 필요를 전혀 못 느끼니까요. 내 건 뭐가 됐든 문학문서보관소에 보관하고 그것을 즐길 만큼 허영심이 많진 않아요. 그뿐 아니라 내가 글을 쓰는 방법이 별나서 그렇기도 해요. 처음에는 글만 쓰지만 이 줄공책에 쓸데없는 것들이 다 들어가요. 요리법, 전화번호, 잡다한 메모 등이요. 어느 누구도 볼 필요가 없는 것들이죠. 예를 들어 더 이상 진도가 나가지 않으면 네 배나 되는 큰 글씨로 '제기랄'이라고 적어 넣고 그 뒤에 물음표를 여섯 개나 그려 넣습니다. 사실 아무 뜻도 없어요. '제기랄'이란 말로 누굴 공격하려는 게 아니에요. 작업을 마치면 이 메모 공책들을 바로 없애 버려요. 하나도 남김없이요. 자리를 차지해서 그런 건 아니고요, 그 공책들이 눈앞에서 사라지는 게 기쁠 따름이에요."

이제 메모 작업이 충분하다는 생각이 들면 곧장 컴퓨터에 앉아 글을 쓰기 시작한다. 이야기를 만드는 과정에 남편이나 딸들이 어떤 식으로든 참여하는지를 물었다. 그녀의 남편도 청소년 책을 두 권이나 지었으니 말이다. 아니란다. 자신에게는 해당되지 않는 일이라 한다.

"난 가족들에게 그런 일로 부담을 주고 싶지 않아요. 전에 애들이 청소년기를 지나고 있을 때도 늘 그런 질문을 받았어요. 사람들은 딸들이 내 원고를 읽는지 물었어요. 그렇지만 그건 아이들한테 무리한 요구예요. 아이들이 뭐라고 해야겠어요? 엄마가 하루 종일 애쓰는 모습을 보고 있는 데다 엄마는 원래 아이들에겐 사랑하는 사람이잖아요. 그런데 아이들이 '그런 말도 안 되는 소리는 정말 관심 밖이야'라고 얘기할까요?"

그녀는 딸들이 자신의 책을 한 권도 읽지 않았을 거라고 생각했다.

"그런데 한번은 애들이 내 책을 빠짐없이 읽은 것 같다는 느낌을 받았어요. 물론 아이들이 나 몰래 내 책을 읽은 것도 아니지만, 그렇다고 내가 쓴 책에 관해 이야기를 나눈 적도 없어요. 딱한 번 아이들이 엄청나게 흥분한 적이 있어요. 큰애 얘기는 아니고 큰애한테 상처를 입힌 것도 아니에요. 그런데 작은애한테 한번은 끔찍한 일을 저질렀어요.

책을 한 권 썼는데, 제목이 『시간표』였어요. 막 김나지움에 입학한 딸이 있다면, 아이를 힘들게 하는 특정 선생님과 갈등이 꼭 있게 마련이지요. 그런 일들은 어떤 식으로든 책에 등장하고요. 당연히 의도한 것은 아니고 그냥 그렇게 글에 드러나는 거죠. 그런데 책을 읽은 아이들 모두가 그곳이 마롤팅어 거리에 있는 김나지움, 즉 자신들이 다니는 학교라는 사실을 알아챘어요. 그건별 문제가 아니었어요. 그런데 딸이랑 닮은 점이 하나도 없는 주인공에게 딸이 지닌 외모의 특징을 하나 찾아 덧입혔어요. 주인공 아이의 귀가 넓게 펼쳐진 편이어서 운동을 하고 땀이 나면 귓바퀴가 곱슬머리 사이로 삐져나왔어요. 그런데 옆에 앉은 남자애가 귀에 붙인 장식을 톡톡 건드리니까 화가 머리끝까지 치솟아 그 남자애를 패 줘요. 남자애 몸집이 여자애보다 훨씬 작고 말랐으니까요.

주인공에게 이런 세부 묘사를 더했는데, 딸애 학교에 다니는, 그 책을 읽은 모든 아이들이 딸아이를 주인공이랑 동일시했어요. 예를 들면, 책을 읽은 어떤 애가 딸에게 슬쩍 다가와서는 '뭐야, 너한테 그런 친구가 있는지는 꿈에도 몰랐어. 그애가 5학년이 되지!'라고 말했대요."

그녀는 웃으면서 이야기했다.

"그렇지만 그런 일은 정말이지 딱 한 번밖에 없었어요."

당연한 일이지만 텍스트를 마무리하는 데 걸리는 시간은 매우 다양하다고 한다. 이야기에 따라 다르기도 하고, 자신의 심리 상태에 따라 달라지기도 한다.

"한 번도 글을 주욱 끝까지 써 내려가고 또 그에 만족하는 식으로 작업해 본 적은 없어요. 전에 타자기로 글을 쓸 때는 분명히 0.5m³를 파지로 채웠을 거예요. 요즘은 컴퓨터로 작업하니까 이런 과정을 잘 알아차리지 못하죠. 실패한 문장들을 가상의 휴지통에 버리니까요."

그녀에겐 작업할 때 가장 좋아하는 특별한 자리가 있을까?

"없어요. 숲 지대에 머물 때면 가구 배치가 모두 불편해서 오로지 내 방 책상에서만 글을 써요. 농가의 탁자들은 꽤 높아서 허리가 아파요. 소파에 앉아 무릎에 컴퓨터를 올려놓을 수도 있지만 그렇게 하지 않아요. 빈에서도 마찬가지로 내 방 책상에서 글을 쓰는데, 마음이 내키면 어쩌다 한 번씩 식탁에 앉아서 글을 쓰기도 하죠. 지난 25년 동안 일종의 일 중독자였는데, 그때는 책상 세 개에서 동시에 일을 진행했어요. 한 책상에는 《쿠리어》에 기고할 칼럼들을 올려놓고, 다른 책상에는 작업 중인 책을, 세 번째 책상에는 다음 책과 관련된 작업물을 올려놨어요. 그렇지만 이미 오래전부터 그런 식으로 일하지 않아요."

뇌스틀링거는 하루 가운데 어떤 시간에 글을 쓰는 것을 가장 좋아할까?

"원래 난 스스로 야행성이라고 주장하는 유의 인간에 속해요. 그렇지만 여러 해 동안 마감 시간을 반드시 맞춰야 하는 신문이나 텔레비전, 라디오 작업을 하면서 아침 나절이나 오전에 더 많은 일을 더 빠르게 처리할 수 있다는 사실을 인정해야 했죠. 안타깝긴 해요. 저녁에 작업하는 편이 더 마음에 드니까요. 그래도 정말 신속 정확하려면 어쩔 수 없어요. 아침에는 충분히 쉬었으니까 일이 빨리 돼요. 전에는, 정확히 얘기하면 수십 년 동안 확실히 열 시간씩 일하는 경우가 무척 잦았어요. 하지만 이제는 더 이상 그렇게 하지 않아요. 안 된다고 말하고 거절하는 법을 배웠거든요."

그렇게 긴 시간 동안 글을 쓴 까닭은 사실 이상한 방식의 글쓰기 습관이 있기 때문이라 한다. 그녀는 항상 불필요한 일들을 먼저 처리한다.

"재미있어서 하는 일이 두세 가지씩 있는데, 그 일을 먼저 해요. 그런 뒤에야 꼭 필요한 일을 마무리하려고 하니까 엄청난 작업 시간이 필요한 편이죠. 그렇지만 수십 년 동안 일하면서 좋아하지 않는 일을 분류해 내서 하지 않는 법을 배웠어요. 물론 이런 식으로 하기 싫은 일을 골라내는 일은 작가가 얼마를 버느냐, 또 작가로서 얼마나 안정감을 느끼느냐에 따라 달라요. 사실 당신도 작가라면 수입에 관한 한 절대 확신할 수 없을 거예요. 이제 겨우 일을 시작해서 직업 세계에 막 발을 들여놓은 상태라면 더욱 그렇죠. 뭔가를 거절한다는 건 감히 꿈도 못 꿀 일이죠.

거절하기 어려운 경우를 또 한 가지 들면 텔레비전 드라마가 그래요. 작업한 작품이 다음 작품으로 이어질지 어떨지를 작가 스스로 결정할 수 있는 게 아니니까요. 이런 경우를 생각해 보세요. 어떤 작가가 한 프로젝트를 맡아서 텔레비전의 다음 일감을 거절했어요. 그런데 작가와 상관없이 이미 맡기로 한 프로젝트가 무산되면 작가는 프로젝트를 하나도 맡지 못할 수 있는 거예요. 프로젝트가 무산되는 이유는 돈이 부족해서일 수도 있고, 독일 국영방송 ZDF가 공동 제작을 하지 못하거나 또 그 밖의 이유가 있을 수 있죠. 그래서 시간이 지나면서 프로젝트 네 개를 동시에 맡는 일에 익숙해지죠. 경험상 네 개 가운데 셋은 무산되리라는 사실을 알고 있거든요. 그런데 프로젝트 세 개가 성사되고 한 개가 무산되면 일이 좀 극적으로 펼쳐지죠. 하루에 몇 시간씩 글을 쓰느냐는 사실 그때 그때 차이가 많이 나요. 글을 쓴다는 것이 누군가의 명령에 따라 단순하게 진행되는 성질의 일은 아니니까요."

그러나 뇌스틀링거는 책을 쓰는 것보다 읽는 맛을 먼저 경험했다. 그녀의 독서 이력은 그녀가 '가장 좋아하는 반토막 난 책'과 밀접하게 연관되어 있다. 그녀가 아주 어렸을 적에 어린이책이란 기존의 정치 노선에 충실한 책들밖에 없었다. 가끔씩은 나이 어린 그녀도 그런 책들을 갖고 싶었다고 인정한다. 다른 아이들도 모두 가지고 있었으니까. 그러나 반파시스트적인 입장에 서 있던 가족들 때문에 그런 책들을 가질 수도 읽을 수도 없었다.

그 대신 주어진 책이란 할아버지 서재에 꽂힌 것들이었다. 특별히 백과사전이 있었다. 이 백과사전에는 컬러 도판이 실려 있었는데, 삽화가 실린 면마다 삽화를 보호하기 위한 오돌도돌한 기름종이가 끼워져 있었다. 가끔 할아버지한테 화가 나면, 그녀는 이 종이들 가운데 한 장을 빼내 완전히 다른 곳에 끼워 넣곤 했다. 그러면 할아버지는 삽화의 보호막 구실을 하는 종이가 빠져서 붙어 버린 페이지들을 조심스럽게 떼어 내려고 애썼다. 그때 할아버지의 일그러진 표정을 그녀는 오늘날까지 생생하게 기억한다.

이웃한 헌책방에서 2.5실링을 내고 책을 한 권 샀다. 600쪽짜리 책에서 200쪽이 떨어져 나갔기 때문에 그렇게 싼 거였다. 『백작 부인 빌레스코프스카의 일기』(이하 『백작 부인의 일기』)라는 책으로, 어린 시절의 두 해나 붙잡고 살았다. 그 이유는 먼저 이 책은 옛 활자로 쓰여 있어서 어린 그녀로서는 전부 다 알아볼 수 없기 때문이었다. 다음은 그 백작 부인에게 무슨 일이 일어났을까 궁리하며 시간을 보냈기 때문이다. 백작 부인이 수도원에서 난폭한 승려에게 폭행당할 위험에 빠졌는데, 바로 그 지점에서 책장이 떨어져 나갔기 때문이다. 거의 200쪽이나 떨어져 나간 다음에 백작 부인은 어떤 파리 백작의 연인이 되어 있었다.

어린 크리스티네 뇌스틀링거는 틈나는 대로 백작 부인이 맞닥뜨렸을지도 모를 장면과 상황들을 상상해 보았다. 이 책이 그녀를 사로잡은 것은 책 안에 들어 있는 내용이 아니었다. 오히려 떨어져 나가 사라진, 책에 들어 있지 않은 것들이었다.

"상상해 보는 시간들도 주어진 텍스트를 읽는 시간과 마찬가지로 즐거움으로 가득했기 때문에, 그때부터 읽기와 상상하기는 떼려야 뗄 수 없게 되었어요. 전쟁이 끝나자 살 수 있는 어린이책이 생겼지만, 난 이 뒤섞인 방법에 머물러 있었죠. 정말이지 이런 식의 책읽기 방식을 한 번도 저버린 적이 없어요. 그렇지만 이제는 작가가 쓴 내용과 내가 '덧붙인' 것들을 헷갈리지 않고 분명하게 구별해 낼 수 있죠."

요즈음 가장 좋아하는 책은 없다고 한다. 좋아하는 책이 아주 많기 때문이다. 그러나 어린 시절 깊은 인상을 남긴, 가장 좋아하던 반토막 난 책 『백작 부인의 일기』는 아직도 그녀의 기억 속에 생생하게 자리하고 있다.

공상에 빠지고, 이야기를 꾸며 내고 싶은 욕구가 생긴 것은 여러 장 떨어져 나간 『백작 부인의 일기』를 뒤섞인 방식으로 '탐독' 하면서 생긴 습관 때문만은 아니라고 한다. 그보다는 오히려 아주 특별한 집안 분위기와 주변 환경 때문이라는 게 그녀의 생각이다. 그녀는 이야기 들려주기를 요구받는 환경 속에서 자랐다.

"저는 식구들 모두가 이야기를 들려주는 가족 속에서 자랐어요. 실제로 일어난 일처럼 들리지만 사실은 수상쩍은 냄새가 풍기고 거짓이 섞인 이야기였죠. …… 우리 집에서는 거짓말이 용납되었어요. (이야기가 진짜처럼 들리게 하려면) 그렇게 하고 싶기도 했고 어쩔 수 없기도 했어요."

그녀는 책을 쓰는 일에는 어떤 의무감도 없이 완전히 자유롭게 다가갔다. 써도 되는 표현과 안 되는 표현들에 대해 깊이 생각해본 적이 없었다. 예를 들어 어린이책에서 '얼간이'란 말을 쓰면 안 되었다는 사실을 뒤늦게야 알게 되었다.

사실 경제적인 문제는 전혀 없었다. 돈을 벌기 위해 글을 쓸 필요가 없었다. 가장의 수입만으로도 편안하게 살 수 있었다. 남편 에른스트와 크리스티네 뇌스틀링거 둘 다 집필 작업에 몰두할 때에도 집안일을 남에게 맡길 수 있는 형편이었다. 그렇지만 가끔씩은 크리스티네의 원고에 국물 자국이 묻는 일도 생겼다. 사용하기 편리하게 타자기를 부엌 식탁에 놓아 두었기 때문이다.

그녀는 안 된다고 했다. 자녀 양육에 관한 한 질문을 던지지 말라고 했다. 자신은 교육자가 아니라면서. 판타지 문학이 왜 그렇게 인기를 끄는지도 묻지 말라고 했다. 자신도 알지 못하니까. 그녀는 판타지 팬이 아니다. 하지만 그녀는 말한다.

"『반지의 제왕』은 책이 너덜너덜해지도록 읽었어요. 항상 그

책을 읽다 잠이 들어 손에서 놓쳐 버렸으니까요."

판타지 문학이 왜 그렇게 인기를 끄는지 도무지 모르겠다고 말은 했지만, 그래도 한 가지 의견을 내놓았다. 그녀는 판타지를 우리 세계가 직면한 문제에서 도망하는 일종의 도피문학으로 이해했다.

"어떤 아이가 학교 생활에서 어려움을 겪고 있으면, 그애는 학교 부적응아가 등장하는 책을 보지 않아요. 마법사가 등장하는 책을 즐겨 읽지요."

그렇지만 자신이 판타지 작품을 쓴다면, 이와 반대로 우리 세계의 문제를 다루는 작품이 되도록 애쓸 것이라 한다.

그녀가 어린이책을 쓰기 시작할 무렵 시중에 나와 있던 어린이책들은 무척 낡은 생각에 빠져 있었다. 사회 전체의 교육관에 발맞춰 교육의 이상을 그려 내야 한다는 엄격한 의무감에 사로잡혀 있었기 때문이다.

"교육이 큰 변화를 맞고 있었고 해방을 추구하는 어린이문학이 모습을 드러냈어요."

그래서 오늘날 작가들은 그때보다 유명해지기가 훨씬 더 어렵다고 한다.

그녀는 어린이나 청소년들을 만나는 일이 너무 적지 않느냐는 비판을 온전히 받아들이지 못한다.

"이른바 성인 도서를 쓰는 작가가 성인들과 직접 많이 만나야 한다고는 아무도 생각하지 않죠. 그런데 어째서 나는 아이들을 직접 만나야 하나요?"

그렇다면 어른이 어린이나 청소년 문화에서 최근 떠오르고 있는 문제들에 대해서 어떻게 생생한 감각을 유지할 수 있을까?

"조금은 알아야죠. 예를 들면 나는 40년 동안이나 항상 숲 지대에 있었고 그곳 아이들을 아주 많이 알아요. 이 아이들이 자라나는 걸 지켜봤지만, 결코 이 숲 지대 아이들에 대해 책을 쓸 엄두는 나지 않아요. 이 아이들의 유년기는 내게 완벽하게 낯설거든요."

그녀는 오늘날의 청소년들과 공감하기가 쉽지 않다는 사실도 인정한다. 무엇보다도 요즘 아이들의 음악과 문학에 대한 취향이라면 더욱 그렇다.

그러나 크리스티네 뇌스틀링거가 다루는 작품의 주제들과 그녀가 구사하는 언어는 독특하며 독자들을 사로잡는다. 자신이 잘 아는 것에 대해서만 글을 쓰기 때문이 아니다. 그녀는 자신의 '성공 비법'을 대단한 비밀처럼 여기지 않는다. 성공 비법은 몇 가지 요소들로 이루어진다.

먼저 "아이들이 즐겨 읽고 싶어 하는 것을 어느 정도 추측하고, 또 아이들이 읽어야 할 것을 어느 정도 추측한다." 여기에 "내 영혼과 머리에서 쓰라고 충동질하는 어떤 것들"에 대해 쓰고 싶은 절실한 욕구가 더해지고 아이들이 흔쾌히 웃을 거라는 확신이 선다. 물론 풍자에 대한 "기막힌 것들과 말놀이를 하고 싶은" 욕구도 더해진다. 이때 어린 독자들은 항상 그녀 편을 들고 어른 독자들은 대부분 트집 잡을 거리를 만든다.

판매 부수로 따져 보면 그녀는 나이 든 독자보다 나이 어린 독자들이 더 많다. 그래서 뇌스틀링거는 아이들의 독서 능력이 낮다고 보고하는 피사(PISA)[2]의 연구 결과에 사람들이 그토록 흥분하는 것을 이해할 수 없다. 원래 어른들 문제를 먼저 짚고 넘어가는 것이 순서다. 그녀는 어른이든 아이든 상관없이 독서 능력 저하라는, 곧 머릿속에서 그림을 만드는 능력이 떨어진다는 엄청난 문제에 주목한다.

이러한 현상이 일어난 까닭은 아마도 매체가 점점 더 시각화되기 때문일 것이다. 시각적인 매체는 더 이상 사람들에게 어떤 종류의 상상력도 요구하지 않는다. 그저 완성된 그림을 편안하게

---

2) 경제협력개발기구에서 실시하는 국제 학업성취도 조사.

실어 나른다. 그녀는 이러한 딜레마에서 벗어나는 길은 막연한 독서 장려가 아니라, 머릿속으로 그림을 그릴 수 있는 능동적인 독자가 되도록 장려하는 것임에 주목한다.

'독자 장려'의 한 방법으로, 크리스티네 뇌스틀링거는 '끊임없이 TV 보기'에서 벗어날 수 있도록 학교가 대안을 제공하라고 권한다. 아이들에게 책을 읽고 싶은 동기를 북돋우는 것만으로는 충분하지 않다는 게 그녀의 생각이다. 아이들은 단지 읽기와 쓰기를 배웠다. 그러나 읽기와 쓰기를 배웠다는 것이 책을 이해하는 데 충분한 능력을 갖췄다는 뜻이 아니기 때문이다.

평균 지능을 가진 아이는 읽기와 쓰기의 기본 능력을 빨리 익힐 준비가 되어 있지만, 읽기와 쓰기 학습만으로 책을 읽어 내기는 쉽지 않다. 그녀는 책을 한 권 읽고 나서 무엇을 읽었는지 설명할 수 없는 아이들을 점점 더 자주 보게 된다. 젊은이들의 읽기 능력이 저하되는 까닭은 머릿속에서 자신만의 그림을 만들어 낼 수 없기 때문이라고 그녀는 생각한다.

"사실 난 이 분야의 전문가도 아니고 지식이 많은 사람도 아니에요. 그렇지만 독서 능력 저하는 상상력의 부재에 있다고 생각해요. 읽은 단어가 정확하게 머릿속에서 연상되지 않는 거죠. 그림이 언어를 지배하는 시대에 살고 있기 때문에 그런 게 거의 확실해요. 여가 시간에 수많은 그림들을, 특히 움직이는 화면들을 받아들이는 일은 아주 편리한 오락의 한 방식이에요. 그리고 자주, 오랫동안 이러한 오락에 젖어들면 텍스트를 머릿속에서 '생생하게' 그려 내는 능력은 녹이 슬지요."

그녀는 간단하고도 실용적인 해결책을 제시한다.

"어른들에게 책을 읽히고 나서 아이들에게도 읽혀라."

크리스티네 뇌스틀링거가 보기에 피사의 연구가 아이들의 읽기 능력만 재고 어른들의 결여된 독서 능력을 간과한 점은 분명한 실수다. 텍스트는 읽지만 실제로 읽은 것을 자기 말로 되풀이할 수 없는 일은 아이들만의 문제가 아니다.

"편지를 읽고 나서 1000유로를 받을 수 있다는 말인지, 아니면 그 돈을 내야 한다는 말인지 이해하지 못하는 어른들을 알고 있어요."

어른들이 책을 읽게 만드는 방법에 관해서 그녀는 어떠한 제안도 하지 않는다. 다만 어린이와 청소년의 읽기 능력은 종일제 학교나 종합학교를 세우는 것처럼 정치적 조처들을 통해 간단하고도 빠르게 키울 수 있다고 본다.

"핀란드나 캐나다에는 종일제 학교와 7세부터 17세 아이들이 함께 다니는 종합학교가 있어요. 그곳 학교 체계는 성공을 거뒀어요. 이곳 오스트리아에서는 열한 살만 되면 아이들을 김나지움에 보내야 할지, 아니면 이른바 나머지 학교에 보내야 할지 가려내잖아요. 그건 잘못이에요."

자신의 경험이나 딸의 경험에 비춰 봐도 그녀는 종합학교 체계를 권할 수밖에 없다고 말한다. 딸이 벨기에에 살고 있어 손주들을 통해 그곳의 완전히 다른 학교 체계를 접하고 있다. 특히 무료 유치원과 초등학교 입학 전 일 년을 의무교육으로 운영하기, 방학 때 아이들 돌봐 주기 등은 매우 중요하다.

이런 방식을 통해서만 아이들에게 지속적으로 프로그램을 제공할 수 있고, 아이들은 이 프로그램에 즐겁게 참여할 수 있다. 이렇게 해야 아이들이 아무 생각 없이 텔레비전 앞에 앉아 선택의 여지 없이 모든 방송을 보게 될 가능성이 낮아지고, 또 보고 싶은 마음도 줄어들 것이다. 또한 이주 외국인 가정의 아이들도 이러한 환경 속에서 사회에 근본적으로 더 잘 융화될 것이다.

크리스티네 뇌스틀링거는 오스트리아의 교육 정책을 분명히 비판하면서 피사 우울증이라는 주제에 대해 이제껏 나눈 이야기들을 마무리했다.

"하지만 우리 학교 체계가 긍정적으로 변하려면 한 가지 조건이 필요해요. 이러한 변화와 관련된 문제를 특정 부류의 사람들이 좌지우지하면 안 된다는 거예요. 이 사람들은 다른 보고들에는 눈감아 버리고 '누군가 해야만 하는 저차원적인 활동'을 특정 부류의 적지 않은 학생들이 할 수 있게 일찌감치 걸러 내야 하고, 그것이 학교가 담당해야 할 과제라고 굳게 믿는 사람들이에요."

그렇지만 독자 장려를 위해 학교 체계에 이와 같은 획기적인 변화를 반드시 도입해야 하는 것은 아니다. 어른들이 생각만 바꿔도 가능하다. 바로 아이들이 읽어도 되는 책과 읽어야 하는 책에 대한 태도를 바꾸는 것이다. 어른들은 어린이들의 읽을거리를 고를 때 훨씬 더 관대해져야 한다.

"'저속한 책'도 가끔씩 '책읽기의 행복함'을 전해 줄 수 있어요. 선생과 부모는 '좋은 책'에만 고집스럽게 매달려선 안 돼요. 이미 말했지만, 아이들도 다른 사람들과 마찬가지로 조잡한 것을 읽을 권리가 있어요."

그녀는 기본적으로 만화나 저속한 책을 위험하게 여기지 않는다. 그렇지만 극우 문학이나 인간의 존엄성을 해치는 문학에 대해서는 이해심을 잃어버린다.

크리스티네 뇌스틀링거는 미하엘 커블러와 클라우스 필립과 대화를 나누는 자리에서 어린이·청소년 문학이 무엇을 해낼 수 있을까라는 질문을 받았다. 그녀는 처음에 책을 몇 권 쓰고 나서 자신이 세운 원칙을 포기했다는 점을 부담스러워하면서 그 문제에 대해 생각이 바뀌었음을 설명했다.

뇌스틀링거는 첫 번째 어린이책 『불꽃머리 프리데리케』를 쓸 무렵에 대해 이야기했다. 당시 그녀는 68운동[3] 정신에 사로잡혀 사회의 구조적 변화가 가능하다고 믿고 그 변화를 갈망했다. 그리고 그 생각에서 아이들을 위한 글을 쓰고 싶었다. 어른들보다 아이들에게 자신이 살고 있는 세상과 어떻게 관계 맺어야 할지를 설명하는 일이 더 간단하고 설득력 있게 다가왔기 때문이다. 어른들은 이미 자기 생각을 갖고 있고 그 생각은 때때로 단단하게 굳어 있다.

그렇지만 시간이 흐르면서 자신이 사회를 바꿀 수 있다는, 그것도 다름 아닌 책을 통해서 변화시킬 수 있다는 믿음이 날아가 버렸다. 그러나 그녀는 글쓰기를 포기하지 않았다.

"이젠 아이들에게 어느 정도 합당한 수준에서 재미를 주고, 언어가 무엇인지를 가르쳐 주면 충분하다고 생각합니다. 그리고

---

3) 1968년 5월 프랑스에서 일어난 미국의 베트남 침공 반대 시위 및 노동자 총파업을 계기로 전 세계에 퍼져 나간 시민운동. 기존의 사회 질서에 항거하여 남녀 평등과 여성 해방, 반전 및 표현의 자유 등을 주장했다. 프랑크푸르트 학파나 '47그룹'으로 상징되는 비판적 지식인의 문제 의식이 널리 공유되었고, 자연 친화 및 반핵 등 시민운동 흐름에서 녹색당이 탄생하기도 했다.

아이들이 원한다면, 인간의 삶을 얽고 있는 연관성들을 보여 주면 좋겠지요."

1970년대에 그렇게 부르짖었던 사회 개혁이 실패로 돌아가고 개인적 생각에 변화가 오면서 그녀는 깨달은 게 있다.

"내가 글을 쓰기 시작한 무렵에 사람들은 환상을 가지고 있었어요. 아이들이 어른이 되면 더 공평한 상황에서 훨씬 더 나은 삶을 영위할 수 있을 거라고 믿은 것, 그건 환상이었어요. 당시 저와 같은 좌파들은 정말 그렇게 생각했어요."

그녀에게 '교육'이라는 개념은 아직까지도 매우 양면적으로 다가온다. 이 단어를 들으면 틀에 묶여 틀 모양대로 자라는 나무가 떠오른다고 한다. 그러나 그녀에게 더욱 중요한 것은 틀이 아니다. 아이들과 함께 사는 구체적인 본보기가 되는 사람이다. 사람들은 자연스럽게 나이가 들고 경험이 많아지면서 더욱 관대해진다. 그녀 또한 오늘날 손주에게 장난감 총을 사 주는 데 크게 주저하지 않는다. 손주가 반드시 갖고 싶어 한다면 말이다.

그녀는 독일어권에서 어린이·청소년 문학을 감상할 때 근본적으로 부족한 태도가 존재한다며 문제 제기를 한다. 어린이·청소년 문학에 대한 평가는 언제나 교육적 가치를 앞세우고 문학적 기준으로는 평가하지 않는다는 것이다.

"대체 오스트리아에서는 어린이문학에 대한 평가가 언제 이뤄지죠? 성탄 특별호에 부쳐 어린이문학에 관한 서평이 한 쪽 실리고 부활절에 반쪽 실리는 게 전부니 말이에요."

그녀는 이런 상황에서 어린이·청소년 문학에 대한 잘못된 입장을 더 확고하게 만드는 동료 작가들이 문학계에서 활동하고 있다고 본다. 언어의 질을 고려하지 않은 채 그저 읽을거리를 만들어 내면서 말이다.

그녀는 더욱 비관적 입장이 된 것일까? 아니면 더 현실적으로 변한 것일까? 사회가 이제껏 추구하던 이상향을 잃어버리자 어린이문학에 거는 기대가 '더 소박해졌다'고 답한다. 전에는 아이들에게 훨씬 더 많은 부담을 주었다. 자신을 방어하고 반항적으로 굴며 언제 어디서나 자기 의견을 말하라고 요구했다. 그녀도 68운동 대열에 재빠르게 뛰어들었고 그 이상을 높게 평가했지만, 다시 재빠르게 그 대열에서 빠져나왔다고 한다. 오늘날 그녀는 쿠르트 투콜스키의 말을 빌려 이렇게 이야기한다.

"타자기에 열 손가락을 올려놓고 세상을 바꿀 수는 없어요."

그렇지만 그녀는 열 손가락을 놀려 정치에 참여하는 일에 여전히 매력을 느낀다. 그녀가 말했다.

"저는 신문에 기꺼이 글을 썼어요. 사회 정책에 관여하는 일을 좋아했기 때문이지만, 날마다 해야 하는 이런 작업에 꽤 스트레스를 받게 되었죠. 날이면 날마다 사설을 써서 반드시 1시 반 정각까지 신문사에 보내야 하는 일이 더 이상 좋지 않았어요. 30년 동안 일주일에 대여섯 번씩 신문에 글을 써 보냈으니, 이제 그것으로 충분하다고 생각해요."

이것 말고도 다른 이유 때문에 일간지 《태글리히 알레스》지의 칼럼니스트 활동을 접었다.

"난 멍청한 생각을 하고 있었어요. 그렇게 별 볼일 없는 대중 신문에서도 사람들에게 뭔가 이성적인 것을 설명할 수 있다고 믿었거든요. 그렇지만 그런 종류의 신문이란 점점 더 형편없어질 뿐이고, 그렇게 되면 독자의 수준도 자연히 이 나라의 밑바닥에 머무르게 되죠. 매주 말도 안 되는 독자 편지를 산더미같이 받으면, 이런 작업이 무의미하다는 사실을 깨닫게 돼요."

《태글리히 알레스》와 《쿠리어》지의 칼럼니스트 활동과 더불어 그녀는 여러 해 동안 다양한 인쇄 매체의 여러 분야에서 인터뷰를 하거나 글을 실었다.

2004년 가을 '오스트로코퍼'[4]라는 프로젝트가 오스트리아 문화계에 큰 반향을 불러일으키고 있을 때, 크리스티네 뇌스틀링거는 이에 대한 거부감을 분명하게 글로 드러냈다.

그 사이 이 문학 전집은 '란트페어메숭'이라는 이름으로 바뀌어 레지덴츠 출판사에서 2판까지 나왔다. 그러나 2006년 5월, 주요 발기인인 귄터 넨닝이 죽자 이 문학 전집을 둘러싸고 논란이 일었다. 이 논쟁은 매체에서 날마다 다루며 집요하게 이어졌지만 이미 기억 속에서 사라져 버렸다.

그녀는 자기 자신을 독립된 개인으로 인식한다. 집단은 물론 특정 이념에는 더욱 종속당하고 싶지 않고, 오스트리아를 공동의 문화 집단으로 증명해 보여야 한다고 생각하지도 않는다. 때문에 그녀는 어떤 경우에도 작가로서의 정체감이 훼손되는 일에 동의하지 않는다. 의견을 묻지도 않고 자신을 '오스트리아 작가'로 간단히 틀 지우는 데에도 동의하지 않는다. 하지만 원칙적으로는 이 문학 전집에 대해 조금도 반대하지 않는다. 오히려 이렇게 본다.

"이제까지 문학을 접하지 못한 성인 독자를 위한 일종의 교과서 행사죠. …… 도움이 되기만 한다면 반대할 이유가 있겠어요? 『헨젤과 그레텔』처럼 (계모에게) 눈엣가시인 몇몇 문학작품이 자

---

4) 2005년에 발간된 오스트리아 문학 전집의 비공식 명칭. 2005년 오스트리아에서는 국가 조약(1955년 오스트리아의 주권 행사를 위해 4개국 점령군 철수와 소련군으로부터의 배상 문제를 다룬 조약) 체결 50주년과 EU 가입 10주년을 맞아 큰 기념 행사들이 열렸다.

기를 계발하고 싶은 욕구를 지닌 국민들에게 5킬로그램짜리 문화를 가져다 주는 것을 망쳐 버리면 안 되죠."

그녀는 이런 방식으로 자기 작품이 출판되는 것을 기뻐하는 작가들 한 사람 한 사람에게 관대하다. 또한 이런 프로젝트로 자신을 틀 지우고 싶어 하지 않는 작가 한 사람 한 사람도 존중한다.

그러나 크리스티네 뇌스틀링거가 '5킬로그램짜리 문화' 행사를 거부하는 생각과 그 근거들은 매우 시사적이다. 어린 시절의 대부분을 나치 치하에서 보냈고 반파시즘 성향이 강한 집안에서 자란 그녀에게는 "두껍고 숨구멍조차 찾기 힘든 피부가 자라고 있었다. 당시 나치가 퍼부은 민족적 선전선동은 그 무엇도 이런 피부를 비집고 스며들 수 없었다. 동쪽 주변부의 반파시스트 가족 사이에서 자란 아이한테는 권력자의 교화와 조작을 모조리 무시하는 것 말고는 어떤 가능성도 남아 있지 않았다. 집에서 격렬한 갈등을 겪을 생각이 아니라면 말이다."

오늘날에도 그녀가 단체를 조직하는 일, 특히 연대를 꾀하는 단체를 만드는 일에 매우 회의적이라는 점이 이해된다. '공동의 문화'니 '우리 오스트리아 사람들'과 같은 개념에 '과민반응'을 하는 것도 당연하다. 이러한 말들은 지난 시간 속의 오래된 기억을 불러일으키는 데에만 그치지 않는다. 유감스럽게 아직까지도 지

나간 시간이 아니기 때문이다.

"단 한 번도 오스트리아에 대해 자부심을 가져 본 적이 없어요. 운동선수가 금메달을 땄을 때조차 그랬어요. 그렇다고 오스트리아에 대해 부끄러움을 느끼지도 않아요. 오스트리아 시민들이 정치에 자유의 바람을 몰고 왔을 때도 그랬어요. …… 외국에 갔을 때 어디서 왔냐는 질문을 받으면 '오스트리아에서 왔어요'라고 대답한 적이 한 번도 없어요. 빈에서 왔다고 말해요. 의도적으로 그러는 건 결코 아니에요. 나 자신을 오스트리아 사람으로 보는 것이 그저 낯설게 느껴져요."

2005년 기념의 해에 대해 뇌스틀링거가 쓴 글은 독창적일 뿐 아니라 특별한 기지가 넘친다. 이 글에서 그녀는 오스트리아의 애국주의를 언급했다.

국립극장 홀딩과 오스트리아 문화사업부는 국가 조약 종료와 주권 회복 50주년을 축하하기 위해 다양한 프로젝트를 계획하면서 종전 60년과 EU 회원국 가입 10주년도 함께 축하했다. 크리스티네 뇌스틀링거는 익숙하지만 정곡을 찌르는 냉소주의를 드러내며 특별행사 발기인들이 추진하는 '평화 25'에 프로그램을 한 가지 제안했다.

3월에 식을 시작할 때 거대한 먼지구름 같은 것을 일으키자는 것이었다. 임대주택들이 차례로 무너져 내릴 때 생기는 엄청난 먼지가 일어나도록. 단 폭탄을 사용하지 않고 먼지를 일으켜야 한다. 1945년을 직접 겪지 못한 사람들은 숨 쉬는 순간마다 회반 죽 가루를 삼켜야 하는 잊을 수 없는 경험을 하게 될 것이다.

집들이 무너져 내리면서 피어나는 듯한 엄청난 먼지구름, 귀중품을 정원에 묻고 러시아 군인들로부터 안전하게 지키기 위한 놀이, 츄잉껌을 목이 터져라 외쳐 대는 아이들의 합창 등과 같이 생활 속에서 전쟁을 체감할 수 있는 프로그램, 그리고 몇 가지 아이디어를 더 준비해 두었다. 나치 기장을 없애기 위한 즐거운 절차도 제안했다.

"지도자 사진을 작은 조각으로 갈기갈기 찢어 버리고 『나의 투쟁』[5]의 표지를 뜯어 버리고 정당 강령을 적은 책과 정당 표시를 난롯구멍에 쑤셔 넣는다. 그곳에서 절망에 빠진 한 사람이 어쩔 줄 모르며 청동으로 만든 히틀러 반신상을 들고 이리저리 방황한다. 이 값진 물건을 어디에 숨겨야 할지 몰라서다. 그리고 나서 가죽 모자를 쓴, 러시아 소형 저공 전투기 비행사를 보여 준다. 그는 소나무 꼭대기 높이에서 비행하며 한 소녀의 머리 위를 날

5) 히틀러의 자서전. 통일된 세계 체제와 민족 중심의 국가 사회주의를 다뤘다.

아가지만, 그 소녀를 향해 총을 발사하지 않는 친절을 베푼다. 이는 오늘날까지 내가 살아 있는 까닭이기도 하다."

크리스티네 뇌스틀링거는 빈 상점 털기 같은 사건들도 이런 이벤트와 잘 연관시킬 수 있다고 말했다.

"비용 절감을 위해 슈퍼마켓 체인점의 후원을 받을 수 있을 것이다. 슈퍼마켓은 창고와 유통 기한이 지난 물건들을 제공하고 모든 물건들을 갈색과 파란색으로 포장해 놓아야 한다. 그래야 사람들이 무엇을 움켜쥐는지 알 테니 말이다. 그렇다. 반쯤은 재미로 하는 것이다."

크리스티네 뇌스틀링거는 교육적이지만 동시에 도발적이며 매우 냉소적인 글을 다음의 말로 마무리했다.

"필요하다면 역사를 재조명할 수 있도록 프로젝트의 압권이 될 만한 이벤트를 계속 제안할 수 있다. 단 아무도 내 말에 귀 기울이지 않고 또 누구도 내게 아이디어를 묻지 않을 거라는 사실은 무시한다는 전제 아래서다."

2006년 8월, 납치된 뒤 어느 새 열여덟 살이 된 빈의 나타샤 캄푸슈가 자신을 학대하던 사람한테서 도망쳤을 때, 크리스티네 뇌스틀링거는 오랜 휴식을 깨고 일간지《데어 슈탄다르트》에 다시 기고한다. 범인은 8년도 더 전에 학교 가던 나타샤를 유괴해서

창고의 지하감옥 같은 곳에 가둬 두고 있었다. 캄푸슈에 대한 보도를 계기로 논평을 발표했지만, 사실은 새로운 세기가 시작된 뒤 몇 년 사이에 나타난 미디어 세계의 풍속도를 고스란히 반영하고 있다.

「수치심의 경계 이면에」라는 제목의 글에서 그녀는 이렇게 썼다.

"공공의 관심과 관음증 사이의 위태로운 줄타기를 거의 구분할 수가 없다. 이 둘이 많은 부분 일치하기 때문이다. 다시 말해 '공공의 관심'이란 독자, 시청자, 청취자가 관심을 가지는 그 모든 것인데, 그들의 관심은 부끄러움의 문턱에서도 더 이상 주춤거리지도 억제되지도 않는 것 같다. 사람들은 '공인'들과 관련해서 그들이 자의로 공인이 되었건 타의로 되었건 상관없이 모든 것을, 정말 말 그대로 모든 것을 알 권리가 있다고 생각한다.

사람들이 이렇게 생각하는 것도 그리 놀랄 일은 아니다. 우리 미디어 이용자들은 마침내 이런 일과 관련된 오랜 훈련을 끝마친 상태다. 사람들은 '공인'의 사적인 삶의 영역을 존중하는 태도를 저버렸다. 그리고 공인들의 사적인 삶의 영역 가운데 진정으로 나와 상관이 있는 것은 아무것도 없다는 사실을 거의 알아채지 못한다. 아주 간단하게 그 모든 것이 가능하다!

이전에는 인간의 이러한 관음중적 욕구가 오늘날보다 훨씬 소박했다. 욕구를 채우기 위해 이웃끼리 쑥덕거리는 것으로 충분했다. 바세나[6]나 골목과 가게에서는 물론이고 조금 더 고급스러운 살롱에서도 사람들은 이웃에 관한 모든 일을 속속들이 듣고 알게 되었다. 어느 것 하나 누구와도 실질적인 관계는 없지만 짜릿할 만큼 흥미진진했다.

자기 주변에 대한 이런 종류의 관음증은 이제 끝났다! 바세나는 더 이상 존재하지 않고 구멍가게도 사라져 버렸다. 거리 구석구석은 더 이상 수다를 떠는 곳이 아니다. 이웃과 교류가 드물어 서로에 대해 아무것도 알지 못하고, 주변에서 무슨 굉장한 일이나 놀라운 일, 아니면 파렴치한 일이 벌어지고 있는지에 대해서도 알고 즐길 수가 없다. 이런 까닭에 우리는 대체품이 필요하다. 인쇄 매체나 텔레비전이 그러한 대체품을 전해 준다. ……

대체로 진중한 태도를 유지하는 라디오조차 자신에 대한 통제력을 잃었고, '오후의 저널'[7]은 피해자와 가해자 사이에 성관계가 있었는지에 관한 억측을 늘어놓았다. 공영방송에서는 그림처럼 예쁜 여자 경찰관이 나와 캄푸슈가 자신에게 털어놓은 사실들

---

6) 도시의 거리에서 볼 수 있던 공동 수도.
7) 오스트리아 라디오 방송국 ö1의 정보 프로그램.

을 끊임없이 지껄이도록 허용했다. 물론 이 경찰관은 사투리로 생각한 것들을 표준어법에 맞게 표현하는 데 공을 들였다.

…… 또 방영 시간은 넉넉히 남아 있는데 유괴범의 어머니가 자기 아들에 관해 이야기할 준비가 되어 있지 않아 보이자, 카메라 기사는 그 건물의 편지통을 촬영했고, 우리는 그 순간 빨간 바탕에 흰색으로 써 놓은 그 가족의 성(姓)을 텔레비전에서 시청하게 되었다.

'공공의 관심'이라는 이름으로 방송 책임자들은 이 모든 것을 부끄러움 없이 방영하게 한다. 시청자 대다수가 '방송이 계속되기'를 바라고 금지된 비밀을 누설하는 걸 선의의 참여와 혼동하는 동안, 극소수 시청자만이 혼란에 빠진다는 사실은 두려워할 만하다. ……

그리고 그 뒤로 '엄청난 일'이 실제로 아무 이야기도 만들어 내지 못하면, 시쳇말로 매체가 그 일을 삼켜 버린다면, 몇몇 사람들은 자신들이 파렴치하게 이용당했으며 자신들 스스로를 지키는 일이 반드시 필요했다는 사실을 알아차릴 것이다. 그러나 이러한 종류의 보호 장치는 유감스럽게도 존재하지 않는다."

4. 뇌스틀링거의 언어

"소설을 다룰 때 언어는 내게 무척 중요해요. 문학의 80퍼센트가 언어로 이뤄져 있다고 볼 정도지요. 텍스트는 음률이 있어야해요. 나는 항상 이렇게 이야기해요. 나는 문장을 또박또박 읽지않고 입 안에서 리듬을 타며 읊조려 흘려 보낸다라고요."

뇌스틀링거가 입말체를 많이 사용했음에도 불구하고 독일어권 전역에서 엄청난 성공을 거둔 사실은 놀랄 만하다. 그렇지만빈 출신 작가가 자신이 만든 단어들과 사투리를 섞은 표현을 고집하면서도 독일 출판사에서 살아남을 수 있었던 까닭은 그녀가구사하는 유머에서도 찾을 수 있다. 그녀의 유머는 텍스트와 함께 춤을 춘다. 이에 관해 프리드리히 외팅어 출판사의 질케 바이텐도르프는 이렇게 덧붙인다.

"그녀의 작품 속에서 감칠맛 나는 유머와 아이러니가 빠진 적은 단 한 번도 없었어요. 이러한 특징들이 책읽기의 순수한 기쁨을 만끽하게 해 주죠. 또한 그녀가 쓰는 언어는 자신이 만들어 낸 새로운 단어들과 표현들을 조합한 것인데, 이러한 언어 때문에 그녀의 책들이 한 번도 접해 본 적 없는 새롭고 특별한 것으로 돋보이죠. 우리가 함께 작업을 하던 초반에는 바로 이런 언어 때문에 문제가 있었어요.

'나는 아빠한테서 자전거를 가져다 탄다'[1]라는 문장을 예로 들어 보죠. 물론 이 문장은 진짜 뇌스틀링거 식으로 그녀가 만들어 낸 문장인데, 독일의 부모와 선생들의 반발을 살 만했죠. 그렇다고 이 문장을 표준어법에 맞게 '나는 아빠의 자전거를 탄다'로 바꾸는 일은 불가능했을 거예요. 크리스티네 맘에 들 리가 없고 그녀의 언어가 되지 못했을 테니까요. 그래서 텍스트에 써 있는 것들을 모두 그대로 두었어요. 독일의 수많은 아이들은 이제 토마토를 '파라다이저'라고 부를 수 있다는 것을 확실히 알고 있어요. 또 상자는 가끔씩 상자가 아니라 장롱이라고 부를 수 있다는

---

1) "나는 아빠한테서 자전거를 가져다 탄다(Ich nehm dem Papa sein Rad)"라고 쓰면 '넴', '뎀'의 운이 반복되며 리듬이 살아나지만, 표준어로 쓴 "나는 아빠의 자전거를 탄다(Ich nehm das Rad vom Papa)"에서는 그런 리듬감을 살릴 수가 없다.

것도요."

《프랑크푸르트 알게마이네 자이퉁》지에 어린이·청소년 문학 서평을 쓰는 카롤리네 로에더 역시 뇌스틀링거의 언어가 지닌 특별함에 주목한다.

"그녀는 확실히 페터 빅셀의 『아이들 이야기』[2]를 빠짐없이 잘 알고 있는 것 같다. 그 가운데 감탄을 자아내는 단편 「탁자는 탁자」가 있다. 이 이야기에서 한 남자는 자신의 삶을 변화시키려는 강렬한 욕구를 사물의 언어를 통해 실현하려고 한다. 그래서 사물에 새로운 이름을 붙여 주려 한다. 가장 가까운 물건, 다시 말해 자기 주변을 둘러싸고 있는 물건에서 시작한다. 그때부터 빅셀의 이야기 속 그 남자는 '침대'는 '사진'이라 이름 짓고 '의자'는 '탁상시계'로, '책상'은 '양탄자' 등으로 바꿔 부른다.

난 어려서 누군가가 들려주는 이러한 이야기를 들었다. 멋지군. 그런데 그래서? 당신은 이렇게 생각할지도 모른다. 그렇지만 귀 기울여 유심히 이야기를 듣고 있는 아이 곁에 잠시 머물러 보자. 아이는 이 이야기들을 열중해서 듣고 잠들지 않으려고 애를 쓴다. 진짜로 잠이 들지 않는다. 여기에 더해 이야기가 효과를

---

2) 스위스 작가 페터 빅셀의 단편집으로, 우리나라에는 이 책에 실린 단편 제목을 따서 『책상은 책상이다』로 나와 있다.

발휘하기 시작한다. 어떻게 그렇게 될 수 있을까! 이야기는 아이들에게 심겨진 하나의 씨앗처럼 작용한다. 단어와 그 의미들에 대해 근거 있는 의문이 의식하지 못한 사이에 아이들 속에서 여린 읽기 나무로 자라난다. 여기까지는 좋다. 이제 우리는 유아기에 경험한 듣기 문학에 대한 기억을 갈무리하고 문학적 사건이 펼쳐진, 곧 빅셀의 이야기가 펼쳐진 스위스라는 무대를 떠날 수 있다.

이제 크리스티네 뇌스틀링거 차례다. 아이는 행복에 가득 차서 책을 읽는다. 그 안에서 **피졸렌**(Fisolen : 강낭콩), **파라다이저**(Paradeiser : 토마토), 심지어는 **플렉커른**(Fleckerln : 네모 수제비) 같은 단어들을 발견한다. 이러한 낯선 개념들에는 예쁜 별표가 달려 있고 아래쪽에 그 뜻이 풀이되어 있다. '이게 뭘 말하는 거지?' 아이는 스스로 되묻는다. 아이는 이미 빈에 있는 프라터[3]의 공중그네를 타 본 적이 있기 때문이다. 아이는 자신의 경험을 떠올리며, 또 문맥에 따라 수수께끼를 풀듯 낯선 말들에 다가간다. 프라터에 있는 걸 모두 알기 위해 예쁜 별표가 다 필요한 것은 아니다. 아이는 부모에게 묻는다. 왜 책에서 콩을 강낭콩이라 하고

---

3) 빈에서 가장 오래된 놀이 공원. 1560년 막스밀리언 2세가 합스부르크 왕가의 오락장으로 개장한 뒤 1766년부터 일반인에게 개방되었다.

감자를 땅사과라고 해? 토마토는 왜 또 파라다이저이고? 아이는 바로 이런 대답을 듣는다. '오스트리아에서는 딸기를 파인애플이라고 했거든!' 그것과 마찬가지라는 말이다.

아이들의 끝없는 호기심을 이렇게 일축해 버리는 반응은, 당신도 인정할 수밖에 없겠지만, 명칭이 뒤바뀐 과정을 똑바로 설명해 주는 것이 아니다. '오스트리아'라는 지명 역시 이 나이 또래 아이들이 왜 딸기를 파인애플이라고 부르는지 이해하는 데 아무 도움도 주지 못한다. 그렇다면 딸기와 파인애플처럼 엄청난 오해를 불러일으키는 것만이 문제가 될까? 단순히 모든 것에 무지가 깔려 있는 것일까?

그러나 아이는 스스로 책을 많이 읽고 또 읽어 주는 것을 들어왔기 때문에 영리할 뿐 아니라 재능도 있다. 뇌스틀링거의 책은 소름 돋을 정도로 아이 마음에 쏙 든다. 그래서 아이는 설명할 수 없는 단어 바꿔 쓰기에 관해 곰곰이 궁리를 한다. 그러자 갑자기 뭔가가 떠오른다. 그렇다. 아이는 확고히 자리 잡힌 문학적 지식을 바탕으로 논리적으로 탁월하게 설명할 수 있다. 즉 크리스티네 뇌스틀링거는 이야기 속의 그 남자처럼 그렇게 했어. 그 남자가 의자와 책상 같은 모든 물건들 이름을 바꿔 부른 것처럼— 당신도 기억하듯이— 뇌스틀링거도 그렇게 한 것 같아.

그러나 아이는 이내 뇌스틀링거의 독특함을 알아챈다. 이 독특함은 콩을 감자로, 감자를 토마토 등으로 바꿔 부른다고 해서 온전히 설명되지는 않는다. 그렇다. 뇌스틀링거는 자신만의 완전한 단어를 찾아낸다. 그 표현들은 낙원처럼 매력적으로 들리고 입맛을 돋운다.[4] 이렇게 맛있는 생각을 하면 뭔가가 더욱 분명해진다. 이 작가가 만들어 낸 새로운 단어들이 대체로 생필품에 집중된다는 사실이다. 더 정확히 말하면 특히 과일과 채소를 가지고 자신만의 단어로 바꿔 부르고 새로운 이름을 만들어 낸 것이다.

이러한 사실을 발견하고 아이는 자신이 별난 생각을 하고 있는 것은 아닐까 의심해 본다. 그리고 이어서 다른 책을 읽음으로써 이러한 의심을 할 필요가 없었다는 사실을 확인한다. 아이는 이 작가의 소설을 한 권 읽는다. 이 소설에는 요리에 대한 각별한 사랑이 녹아 있다. 이 책은 반박할 수 없는 증거를 계속 제시한다. 요리에 대한 사랑을 글로 쓰는 사람에게 음식은 정말 소중하다. 다시 말해 방금 아이가 읽은 책의 표지 그림은 이렇게 가면을 벗

---

[4] 독일어로 '낙원'은 파라다이스(paradies)인데 뇌스틀링거는 '토마토'를 파라다이저(paradeiser)로 바꿔 불렀다. 또 네모 수제비(92쪽 10줄)를 뜻하는 플렉커른에서 '렉커'는 '맛있다'라는 뜻이다.

기는 마지막 모자이크 조각이 된다.

이 그림은 그 이야기 속의 존경받을 만한 여자 영웅을 보여 준다. 이 영웅은 가느다란 팔과 검정 아스파라거스 같은 머리채를 양갈래로 귀 옆에 고집스럽게 묶었다. 얼굴이 꼭 액자 속에 들어 있는 것 같다. 사람들은 이 여자아이의 이름을 알지 못한다. 아이가 일인칭 화법으로 이야기하니까. 그렇지만 이 아이는 분명히 뇌스틀링거다. 그렇게나 말랐다!

이제 글을 맺을 때가 되었다. 단지 독특하다고들 말하는 뇌스틀링거 식 음식 이름 조어 창고에서 '바세나'라는 단어 하나가 도드라진다. 처음에는 이 이물질 같은 단어를 의도적으로 건너뛰게 된다. 그리고 그 뒤 다시 책을 읽으면서 이 단어가 의식적으로 와 닿을 때쯤이면, 아이는 이미 성장하여 굶주린 듯 정신없이 책을 읽는 나이에서 벗어나 그저 단어에 대한 의혹에 사로잡힐 뿐이다. 하지만 뇌스틀링거에 대한 숭배가 완전히 사라질 정도로 성장해 버린 것은 아니다. '괜찮아, 괜찮아, 파인애플!' 하며 요리사와 춤추는 그 여자처럼 말이다."(「크리스티네 뇌스틀링거에 관하여—그녀의 65번째 생일을 기념하여」에서)

'한 조각 세상을 언어로 빚어내는 것'. 이것은 오늘날 어린이책을 쓰면서 뇌스틀링거가 해내고 싶은, 꼭 이뤄야 할 어떤 것이다. 아울러 독자들이 웃지 않고는 배길 수 없도록 글을 쓰는 것도 중요하다. 이는 아이들이 웃음을 좋아하기 때문만은 아니다. 무엇보다도 그녀 스스로가 인생에서 익살스러운 것, 재치 넘치는 것, 기이한 것들을 잡아내는 성향을 가지고 있기 때문이다.

그녀는 "너무나 슬픈 상황이 닥쳤을 때조차도 그 일의 우스꽝스러운 구석을 놓지지 않게 돼요"라고 아스트리드 린드그렌 기념상 수상 소감에서 밝혔다.

"그러면 전 결코 웃지는 않았지만 왜 웃음이 나왔는지 마음에 잘 담아 두죠. 나중을 위해서요. 지난 수십 년을 돌아볼 때, 아이들은 이야기 속에서 자신들이 느끼는 슬픔들을 다시 찾아내고 싶어 하는 거 같아요. 그리고 이 슬픔에 걸맞는 작은 위로를 필요로 하죠. 그 슬픔을 이겨 내기 위해서요. 이런 것을 이해하게 된 건 특히 아스트리드 린드그렌과 위안을 주는 그녀의 모든 이야기들 덕분이에요. 그녀의 위로 이야기들은 한결같이 안전한 보호 속에 있는 아이들의 자유에 대해 이야기하고 있지요."

모든 아이들은 이 두 가지가 동시에 다 필요하다. 보호받지 못하면서 자유로운 것은 아이들이 행복하다고 느끼는 데 거의 쓸모가 없고, 보호는 받지만 자유가 없는 것 역시 마찬가지다. 실제 생활에서 아이들이 보호받으면서 동시에 자유로움도 누리는 일은 무척 드물다. 대부분의 아이들에게는 이 두 가지 모두 결여되어 있거나 둘 중 한 가지가 결여되어 있다. 보호받지 못하거나 자유롭지 못하거나.

"아이들을 책에 나오는 영웅의 세계에 빠져들게 하여 어떤 식으로든 이러한 두 가지 경험을 선물하는 게 가장 중요하다고 느껴요. 젊은 시절과는 아주 많이 달라졌죠. 젊었을 때는 이론을 앞세워 극단적으로 이에 반대했다는 사실을 인정할 수밖에 없네요. 그때는 이런 이야기들이 독자를 속여 현실에 제대로 맞서지 못하게 하고, 현실을 진지하게 받아들이지 못하게 해서 그들의 또렷한 시선을 흐릴 거라고 주장했지요.

실제로 '자유'를 글 속에 담아내는 건 그리 어렵지 않아요. 자유에 대한 갈망과 권리를 글로 적는 거니까요. 그렇다고 작품에 요구되는 현실성을 잃어버리지는 않아요. 현실적인 이야기 속에서 전해 줄 수는 없지만, 이야기 속에 꼭 필요한 '보호와 위로'의 몫은 '환상적인 이야기 전개'를 통해 끌어들였어요. 불꽃머리 프리데리케가 현재 이 나라에서 행복할 수 없다면, 머나먼 미지의 세계로 날아가는 거죠. 프리데리케에게 행복을 보장해 주는 곳으로요. 권위적이고 밥맛이 떨어지는 아빠에 대해 현실적인 방식으로는 더 나은 이해를 끌어낼 수 없어서 구역질 나는 오이대왕을 지하실에 만들어 냈고요. 이 오이대왕 때문에 결국 해피엔딩이 가능해지지요. 겁이 많은 아이에게는 수호 유령이 생기고, 얼마 안 가 비밀에 둘러싸인 할아버지가 가난하고 괴롭힘을 당하는 아이들의 보호자가 되어 주지요."

뇌스틀링거는 자신만의 독특한 방식으로 글 속에서 정치적 소망을 펼친다. 그녀 안에 숨 쉬는 정치적 소망을 현실 속에서는 정치 참여로 드러낸다. 정치 참여가 드물었던 아스트리드 린드그렌 세대와 달리 크리스티네 뇌스틀링거는 작품의 정치적 성격을 이해하려고 한다. 그러면 빈의 어린이책 작가와 스웨덴의 어린이책 작가를 묶어 주는 끈은 무엇일까?

《여성의 세계》에 실린 지그프리트 베거와의 인터뷰에서 그녀는 아스트리드 린드그렌과 어떤 관계였는지 질문을 받았다.

"우정은 아니었지만, 우정을 쌓기에 우리는 너무 가끔씩 만났지만, 그녀를 잘 알았어요. 그녀는 정말 멋진 여성이에요. 그녀에게선 따스한 기운이 흘러나왔어요. 많은 이야기를 나누지 않고도 그녀가 나를 이해하고 받아 주며 또 좋아한다는 걸 느낄 수 있었어요. 그녀는 정말 인내심 있게 상대방 이야기를 잘 들어주고 사려 깊게 대답했어요. 대단하다는 칭송을 빼고는 그녀를 표현할 길이 없어요. 그녀가 세상을 뜨기 전 10년 동안 정말 안타까웠어요. 더 이상 들을 수도 볼 수도 없는 상태였으니까요. 우리가 만났을 때 그녀는 단지 내 손을 더 오래 잡고 있을 뿐이었죠. 그렇지만 결코 불행해 보이지는 않았어요."

아스트리드 린드그렌은 정치적으로 활동적이었고 스웨덴의 세금 체계를 무너뜨렸다. 뇌스틀링거에게 자신의 정치 참여에 대해 어떻게 보고 있는지 물었다.

"언젠가 아스트리드 린드그렌은 수입보다 세금을 더 많이 내야 했어요. 그래서 스웨덴의 세금 체제와 맞서 싸워 개혁을 이끌어 냈죠. 난 때때로 정치적 활동을 합니다. 하인츠 피셔를 연방 대통령으로 만들고 싶어서 그의 선거본부에 합류한 적이 있어요. 그 일 말고는 모든 것이 그렇게 편하지는 않았어요. 정당에 가입하지도 않았어요. 백 퍼센트 완전하게 소속감을 느끼지는 않으니까요. 물론 난 사회민주주의자 가족에서 자란 빨간 물이 든 아이예요. 할아버지와 할머니, 엄마 아빠 모두 확고한 신념을 지닌 사회민주주의자들이었으니까요. 난 사회주의 정당과 녹색당 사이를 오가는 유권자예요. 투표 당일 투표소에서 녹색당에 투표하고 나면 하늘에서 엄마 목소리가 들려요. '이 아가씨야, 부끄러운 줄 알아라!' 하는."

그녀의 어머니는 생전에 틀림없이 딸의 정치적 입장을 자랑스러워했을 거다. 작품에서 늘 약자와 아이들의 권리를 대변하니까. 또한 오스트리아의 과거와 대면하는 문장들 속에서도 인간적이며 평화로운 세계관이 드러나니까.

오랜 시간을 거치며 그녀의 글들은 일정한 발달 과정을 보여준다. 더 낮은 목소리로 화해의 톤을 그려 낸다. 언어는 작가 생활 초창기 때처럼 그렇게 날카롭지 않으면서도 유머와 기지가 그대로 살아 있어 여전히 작품에 핵심적인 요소이다. 하지만 이전처럼 그렇게 심술궂지는 않다. 이야기 전개에서뿐만 아니라 언어를 통해서도 드러나는 기지는 이 작가의 모든 작품에서 단연 돋보인다.

5. 뇌스틀링거 작품은 어떻게 번역되고 있나

크리스티네 뇌스틀링거의 책들은 50개 이상의 언어로 번역되었다. 이 가운데 영어, 프랑스어, 스페인어, 이탈리아어, 네덜란드어, 스웨덴어, 덴마크어와 러시아어 같은 언어뿐 아니라 노르웨이어나 헝가리어, 알바니아어, 히브리어, 페르시아어, 루마니아어, 슬로베니아어, 바스크어, 일본어, 리타우이쉬어, 체코어, 그리스어, 불가리아어, 폴란드어, 중국어, 크로아티아어, 한국어 같은 수많은 언어들이 있다.

그러나 뇌스틀링거의 책들은 다양한 언어로 번역되면서 원작과 다르게 생략되거나 수정되는 것이 사실이다. 이러한 변형은 작가뿐 아니라 번역자, 더 근본적으로는 결국 독자 하나하나가 그들의 역사와 문화 속에서 살고 있는 현실에서 비롯한다. 누구든 스스로를 자신이 속한 문화권에서 분리하는 것은 불가능하다. 독자가 텍스트를 수용하고 자신의 방식으로 이해하는 과정은 언제나 이러한 역사적이고 문화적인 시각에서 살펴보아야 한다. 작가는 자신의 문화적·역사적 배경과 잠재적인 독자들을 염두에 두고 글을 쓰는 반면, 물론 이러한 것들에 대해서 고민하는 한, 번역자는 아주 특별한 기준을 갖고 작업한다. 즉 텍스트라는 특정한 언어적이고 문화적인 통일체가 번역어가 사용되는 곳에서 이해될 수 있는지 주의를 기울인다.

번역자는 번역하는 언어를 사용하는 독자가 낯선 문화에서 어떠한 지식을 얻을지, 또 실제로 그런 지식을 가질 수 있는지에 대한 결정권을 갖는다. 각각의 언어는 언어마다 매우 독특한 방식으로 현실을 구성한다. 이러한 까닭에 두 언어가 대체로 비슷할 수는 있지만 완벽하게 같을 수는 없다. 그러므로 번역 작업은 어떠한 경우에도 절대적인 것으로 볼 수 없다. 오히려 다양한 가능성 가운데 하나일 뿐이며 좋은 번역도 언제나 타협의 결과이다. 이러한 타협은 낱낱의 단어를 선택하는 일과 연관되어 있을 뿐아니라 텍스트 전체를 구성하는 모든 영역으로 확대된다.

따라서 다양한 번역본을 비교하는 일은 단지 판형이나 삽화, 또 순수하게 형식적인 기준에만 국한되지 않는다. 오히려 번역어에 따라 나타나는 일련의 특징을 살펴보는 일이 주요하다. 이름들을 원어 그대로 썼는지 아니면 번역어 이름으로 바꿨는지, 책 제목은 어떻게 옮겼는지, 소제목들을 그대로 두었는지 바꿨는지, 문체는 어떤지 등의 요소에 관심을 기울이는 일이다.

번역 작업을 할 때 작가 나름의 고유한 문체를 살리는 일은 무엇보다도 어렵다. 독자가 번역서에서 번역자의 문체가 아닌 작가의 문체를 자연스럽게 느낄 수 있어야 하기 때문이다. 문체와 관련해서 말장난이나 입말체 표현들을 어떻게 옮겼는지, 특히 크리스티네 뇌스틀링거의 경우라면 그녀가 구사하는 오스트리아 사투리와 외국어를 섞은 문장들을 어떻게 옮겼는지를 살펴보는 일은 언제나 흥미롭다.

더 나아가 어떤 부분을 생략했는지 관심 있게 살펴보는 일도 재미있다. 무엇이 번역되지 않고 어떤 부분이 빠져 있는지 살펴보는 것이다. 얼핏 우연히 빠진 듯 보이는 것도 번역자가 의도적으로 빼 버린 것일 수 있다. 책이 완전히 다른 색깔을 내는 데에는 번역자의 이러한 개입이 결정적인 단서가 될 수 있다.

방금 말한 관점들을 고려해서 다양한 언어로 번역되는 크리스티네 뇌스틀링거의 책들을 자세히 비교해 보는 일은 보람 있는 작업일 것이다. 그러나 해당 언어를 전혀 모르거나 겨우 이해하는 정도여도 다양한 언어로 번역된 책들에서 부수적인 요소들을 비교해 보면 쉽게 그 차이들을 발견할 수 있다. 『날아라, 풍뎅이야!』의 영어 번역이나 러시아어 번역이 적절한 예가 될 수 있다. 단 러시아어 번역본은 안타깝게도 책 전체가 아닌 몇몇 장만 부분적으로 번역되었다. 더 나아가 헝가리어로 번역된 『난 아빠도 있어요』나 슬로베니아어와 스웨덴어, 네덜란드어로 번역된 『프란츠의 학교 이야기』[1]도 위의 기준들로 비교해 보겠다.

『날아라, 풍뎅이야!』의 경우

영어

제 목 : 집으로 날아가렴 (Fly away home)

번역자 : 앤시어 벨

출판사 : A Target Book, 1978

(표지 그림에 검은 머리의 소녀가 보인다.)

---

1) 이 장에서는 번역본들과의 비교를 위해 책 제목을 원서 그대로 옮겼다. 우리나라에는 『학교 가기 싫어!』로 번역되었다.

러시아어

제목 : 날아라, 풍뎅이야!(Leti, majskij Žuk!)

번역자 : E. 이바노바

출처 : Detskaja Literatura Avstrii, Germanii, Švecarii

출판사 : Vlados̆, 1997

앞의 두 번역서는 이 책에 나오는 유명한 동요 「날아라, 풍뎅이야!」[2]를 가능한 한 원문에 가깝게 옮기려고 시도했다. 그러나 영어나 러시아어를 사용하는 언어권의 아이들이 이 노랫말을 읽으며 독일어권 아이들과 비슷한 장면을 연상할 수 있을지 자연스레 의문을 갖게 된다. 또한 이 책을 읽는 요즈음의 독일어권 아이들도 이 작품에 더 이상 부모 세대 같은 애착을 느끼지 않는다.

두 번역본 모두 초반부는 원문에 충실했지만, 영어 번역본이 몇몇 구절을 빠뜨린 점이 눈에 띈다. 이러한 생략은 처음에는 우연한 실수처럼 보이지만, 좀 더 자세히 살펴보면 문장을 뺀 결과 글의 강조점이 달라졌음을 발견하게 된다. 영어본은 러시아 요리사 콘이 등장해 인간애를 드러내며 특별한 감동을 선사하는 장

---

2) 1800년 즈음부터 전해 오는 독일 민요이자 동요. 전쟁으로 부모가 모두 세상을 떠난 상황을 노래하는데, 지역에 맞게 노랫말이 조금씩 변형되어 전해 온다.

면을 여러 장에 걸쳐 일부러 완벽하게 삭제하거나 심각할 정도로 축소해 놓았다.

번역자 앤시어 벨은 크리스티네 뇌스틀링거가 인터뷰에서 즐겨 설명하는 아주 유명한 일화, 다름 아닌 흔쾌히 빵을 굽는 러시아 요리사 이야기를 완전히 빼 버렸다. 또 오해를 불러일으키는 상황도 빼 버렸다. 그러니까 콘이 철조망에서 '대천사'를 풀어 주려 할 때, 그녀가 그를 성폭력범으로 보고 욕을 퍼붓는 장면이 빠져 버린 것이다. 이런 식의 의도된 생략은 정말 유감스럽다. 영어본에서 빠뜨린 이야기들이 책에 또 다른 무게를 실어 줄 수 있기 때문이다.

서로 다른 표지 디자인 역시 눈에 띈다. 러시아어 번역본은 전집의 일부로 출간되었기 때문에 낱권마다 고유한 책 표지가 없다. 영어본 표지는 검은 머리 여자아이 그림으로 되어 있다. 여자아이는 수많은 비행기로 뒤덮여 새까맣게 보이는 하늘을 배경으로 나치 깃발을 걸어 놓은 집 앞에 서 있다. 본문에서 러시아 군인들의 인간적 면모를 묘사한 장면들을 생략하고 이런 표지 그림을 넣은 결과, 책은 뇌스틀링거의 의도보다 훨씬 더 심각하고 위압적으로 느껴진다.

이와 대조적으로 독일어판 표지는 금발머리를 땋아 내린 한 소녀의 사진으로 되어 있다. 사진의 배경에서 비행기들을 희미하게 알아볼 수 있다. 표지에 이런 사진을 선택해서 작품의 본디 의도에 조금 더 다가선 것 같다. 이야기는 여덟 살짜리 크리스티네가 전쟁에서 겪은 일에 관한 것이지 전쟁 자체에 관한 것이 아니다. 그러나 표지 사진에 금발머리 여자아이가 등장하는 것은 사실과 아무런 관련이 없다. 뇌스틀링거는 어렸을 때 머리 색이 어두웠을 뿐 아니라, 금발의 소녀가 책의 구성 요소도 아니기 때문이다. 당시 크리스티네 뇌스틀링거는 자신이 금발이 아닌 것을 태어나서 처음으로 기뻐했다고 썼다. 금발에 파란 눈을 갖고 있는 제랄드보다 검은 머리 여자아이들이 군인들에게 덜 시달렸기 때문이다.

『난 아빠도 있어요』의 경우

독일어

제목 : 난 아빠도 있어요(Einen Vater hab ich auch)

표지 그림 : 유타 바우어

출판사 : Beltz & Gelberg, 1994

헝가리어

제목 : 문제 너머 문제(Zür hátán zür)

번역자 : 미네르버 노버 키어도

그림 : 유디트 코몰로디

출판사 : Kiadta a Könyvmolyképez□ Kiad□, 2004

한국어[3]

제목 : 난 아빠도 있어요

번역자 : 김라합

표지 그림 : 유기훈

출판사 : 우리교육, 2007

헝가리어 제목은 대략 '카오스 너머 카오스'처럼 뭔가 많은 것을 뜻한다. 독일어 원본과 달리 삽화가 더 많다. 한국어 제목은 독일어 제목과 같다.

『난 아빠도 있어요』는 크리스티네 뇌스틀링거의 다른 소설들보다 사투리 표현이 훨씬 더 많이 들어 있어(사투리 풀이를 위해 부

---

3) 원서에는 한국어판 이야기가 없지만 우리나라 독자들을 위해 덧붙였다. 이후 이 책의 한국어판에 대한 설명도 옮긴이의 견해임을 밝힌다.

록이 있기까지 하다), 오스트리아 사투리가 번역어로 어떻게 바뀌는지 흥미롭게 살펴볼 수 있다. 낱낱의 표현 하나하나로 접근하지 않는다면 헝가리어 텍스트 역시 쾌활하고 재치 있다고 할 수 있지만, 사투리 표현의 흔적은 조금도 찾아볼 수 없다. 한국어 또한 사투리를 완벽하게 살리지는 못했으나 요즘 청소년들이 쓰는 입말체의 말맛은 살아 있다고 보인다.

『프란츠의 학교 이야기』의 경우

독일어

제목 : 프란츠의 학교 이야기(Schulgeschichten vom Franz)

그림 : 에르하르트 디틀

출판사 : Friedrich Ötinger, 1996

다양한 '프란츠' 번역본들을 표면적으로 비교하는 작업은 그리 어렵지 않다. 읽기 초보자를 대상으로 한 책이라 단순한 언어 구조를 사용한 데다 많은 삽화를 실어 언어가 유창하지 못해도 언어에서 비롯되는 문제를 쉽게 극복할 수 있다.

슬로베니아어

제목: 프란츠의 학교 이야기(Franževe šolske zgodbe)

번역자 : 루치카 엔치치 칸두스

그림 : 에르하르트 디틀

출판사 : Mohorjeva založba, 1999

스웨덴어

제목 : 일학년이 된 프란스(Frans i Ettan)

번역 : 군-브리트 순드스트룀

그림 : 에르하르트 디틀

출판사 : Berghs, 1989

네덜란드어

제목 : 마르테인이 학교에 간다(Martijn gaat naar school)

번역 : 이나코 리스

그림 : 에르하르트 디틀

출판사 : Leopold, 1990

한국어[4]

제목 : 학교 가기 싫어!

번역 : 김경연

그림 : 에르하르트 디틀

출판사 : 비룡소, 2000

여러 번역본을 놓고 보면 네덜란드 책이 가장 먼저 눈에 띈다. 다른 언어로 번역된 프란츠 이야기들 가운데 유일하게 표지가 다르기 때문이다. 표지 속의 '프란츠'는(네덜란드어 번역에서는 마르테인으로 불린다) 다른 책의 프란츠보다 머리가 길다. 만약 다음 쪽의 묘사가 뒤따르지 않는다면, 표지의 프란츠가 긴 머리든 짧은 머리든 아무 상관이 없을지도 모르겠다. 그러나 표지를 넘기고 글이 시작되는 첫 쪽에 이런 문장이 이어진다.

"아빠가 일주일에 두 번씩 머리를 박박 밀어 주고부터, 적어도 프란츠를 여자아이로 생각하는 사람은 없습니다."[5]

네덜란드어 번역본도 이 문장을 똑같이 옮겨 놓았다. 이렇게 표지 그림이 글의 내용과 일치하지 않다니 읽기 초보자에겐 무척

---

4) 이 책의 한국어판 이야기는 옮긴이가 덧붙인 것이다.
5) 한국어 번역본을 그대로 옮겼다.

친절하지 못한 일이다. 아이들은 힘들게 암호를 해독한 다음 올바르게 해독했는지 확인하는 과정이 꼭 필요하기 때문이다. 조사해 본 번역본의 그림은 모두 독일어판 일러스트레이터 에르하르트 디틀의 것인데, 네덜란드어판 표지는 다른 삽화가가 그렸다.

등장인물들 이름은 당연히 프란츠를 포함해서 번역되는 언어의 음성학 체계에 맞게 바뀐다. 네덜란드어판 본문에서는 네덜란드의 문화적 언어 공간에 맞는 적응 방식이 드러난다. 그래서 프란츠는 마르테인이고 마르테인의 성은 언급되지 않는다. 형은 요스트이고 여자 친구는 린다 드 그라프이다.

스웨덴어판에서는 프란 프뢰스틀, 그의 형 요세프와 가비 그루베르를 만날 수 있다. 슬로베니아어판에서는 프랑 프리스틀, 요셉과 가비 그루베르이다. 원래 독일어판에서는 프란츠 프뢰스틀, 형 요제프와 여자 친구 린다 그루버였다. 한국어판에서도 프란츠 프뢰스틀, 요제프, 가비 그루버로 나온다.

또 네덜란드어 번역본은 유일하게 장마다 요약 단락을 실어 놓았다. 독일어 원본에서 1장의 소제목은 "프란츠가 어떻게 배앓이를 하게 되었을까?"이고, 네덜란드어판도 이에 걸맞게 "마르테인은 신경을 써서 배앓이를 합니다", 스웨덴어로는 "프란이 배앓이를 할 때"이고, 슬로베니아어는 1장 제목을 전체 제목으로 대신

하고 있다. 곧 "프란츠의 학교 이야기"이다. 한국어판에서는 배 앓이의 원인이 된 선생님의 별명을 따서 "무뚝뚝이 선생님"이라는 새로운 제목을 붙였다.

삽화뿐 아니라 본문에서도 눈에 띄는 차이가 계속 드러난다. 특히 네덜란드어판은 다른 번역본들과 비교된다. 네덜란드의 프란츠는 3학년 a반으로 간다. 에르하르트 디틀이 맨 처음 그린 삽화도 이렇게 고쳐 놓았다. 그러나 다른 모든 언어의 번역본에서 프란츠는 1학년 a반이다. 이 점에서도 네덜란드 번역본에서는 네덜란드의 학교 체계라는 특별한 문화에 맞게 변형했음을 보여 준다. 한국어판에서는 한국의 일반적인 반 편성 체계에 따라 1학년 1반 식으로 표기했다.

반 편성 장면을 그린 삽화도 바뀌었다. 원래 독일어판 삽화에는 프란츠와 엄마가 그려져 있고, 가비와 프란츠가 같은 반이 아니라는 사실을 나타내고 있다. 이 삽화에 "1학년 반 편성"이라고 쓰여 있고 가비와 프란츠의 이름을 다른 반 명단에서 찾을 수 있도록 했다. 하지만 네덜란드어와 스웨덴어 책은 이 장면을 아주 단순화시켜서 아이들 이름을 읽을 수 없게 삽화를 그렸다. 한국어판도 이름을 알아볼 수 없도록 표를 단순화시켰다. 그렇지만 슬로베니아어 책은 두 아이의 이름을 또렷이 읽을 수 있도록 만들었다.

번역본에서 드러나는 이러한 문화적 차이에 따른 변형은 책 전체에 걸쳐 나타난다. 이런 식으로 몇몇 번역본을 비교해 보면, 번역자 개인은 물론 그 언어권의 문화적 영향을 생생하게 느낄 수 있다.

그 밖에 크리스티네 뇌스틀링거의 책은 아주 특별한 언어로도 번역되었다. 바로 점자다. 『프란츠의 학교 이야기』는 아래와 같이 쓰여 있다.

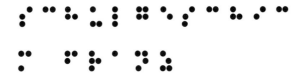

성공한 작가에게 자신의 작품이 다른 언어로 번역되는 것은 분명 하나의 성과다. 출판사 또한 저작권을 외국에 팔 수 있는 것에 자부심을 갖는다. 크리스티네 뇌스틀링거는 넓은 책꽂이 선반을 외국어로 번역 출간된 책들로 채워 놓았다. 이러한 책들은 자리를 많이 차지하지만, 그녀가 말했듯이 "유감스럽게도!" 그녀는 몇 개 언어의 책들만 읽을 수 있을 뿐이다. 그래서 그녀는 마음이 아파도 가끔씩은 책을 버린다.

"책을 던져 버리는 일은 정말 쉽지 않아요. 그렇지만 어쩌다 한 번쯤은 그렇게 할 수밖에 없어요. 외국어로 책이 나왔는데 읽을 수도 없는 데다 보기도 너무나 흉해서 참을 수가 없으면 그렇게 해요. 외국 출판사들이 가끔씩 나름대로 표지를 만드는데 정말 마음에 들지 않으면, 또 마침 집 앞 쓰레기통이 다행히 꽉 차 있지 않으면 이런 책들은 버려요."

번역자들과 맺은 관계에는 뚜렷한 차이가 있었다. 그녀는 자신의 책을 러시아어로 번역하는 파벨 프랭켈를 잘 안다. 그는 지금 독일에서 살고 있다.

"일을 아주 정확하게 한다고 생각해요. 그 파벨 말이에요. 문제는 러시아에서 출판은 항상 같은 문제에 부딪힌다는 거예요. 출판사가 제작할 수 있는 종이와 돈을 갖고 있느냐 그렇지 않느냐가 문제인 거죠. 그리고 영어 번역자 앤시어 벨도 알고 있어요. 그녀는 번역을 정말 잘해서 글을 읽으면서 웃음을 터뜨리게 돼요. 보통 내 텍스트를 읽으며 웃지 않지만, 이러한 건조한 영어식 유머가 가끔씩은 더 재치 있게 다가와요. 프랑스어 번역은 완전히 엉망인 것 같아요. 프랑스 고등학교 아이들이 프랑스어로 된 내 책을 읽으면 도무지 재미있지가 않다고 말하더군요.

이탈리어 번역에 대해서는 딸아이한테 이야기를 들었어요. 이탈리아어를 완벽하게 하거든요. 이탈리아어 번역본에서는 여러 에피소드들을 그냥 다 지워 버렸대요. 예를 들어 사랑이 좀 더 정확하게 묘사되는 장면 같은 거요. 보수적 성향의 출판사라면 사랑에 관한 표현이 많이 나오면 그 장면을 거리낌 없이 삭제해 버리는 거죠."

나머지 다른 언어들에 대해서는 한마디도 할 수 없다고 한다.

"이런 일은 번역자한테 달려 있어요. 어쨌거나 번역료가 너무 싼 데다 점점 더 싸지고 있다는 게 문제죠. 한번은 빈에서 열린 번역자 회의에 초대받았는데, 그곳에서 충격을 받아 입을 다물 수가 없었어요. 존경받을 만한 번역자들이, 물론 대부분은 여자들이죠, 얼마나 열악한 대우를 받고 있는지 알게 된 거예요. 몇몇 출판사에서는 부분적으로 줄 단위로 번역료를 지불하는데, 심지어 한 줄이 다 차지 않으면 반 줄로 계산해서 번역료를 지불한대요. 반 줄씩 합산하기도 하고요. 정말 말도 안 되는 짓이에요!"

크리스티네 뇌스틀링거도 물론 번역을 했다. 이미 몇 작품을 번역했다.

"그건 거친 초벌 번역이었을 뿐이에요. 영어와 네덜란드어로 된 그림책을 옮기는 일이었어요. 그런데 원저자가 내 번역 원고에 불만을 표시했어요. 원본에 가깝고도 밀도 있게 다가가지 못했다고요."

그녀는 웃으면서 자신이 시도했던 모방 창작에 대해 말했다.

"원래 전 그림책이나 유치원 어린이책 같은 유의 소품을 번역했어요. 가끔씩 영어 번역이 정말 어려울 때가 있어요. 영어 문장이 훨씬 짧기 때문이죠. 그림책에서는 문장들이 그림 안에 들어가야 할 때가 아주 많아요. 그런데 독일어로는 문제가 있어요. 대부분 문장들이 더 길어서 그림 안에 들어가지 않을 수도 있죠. 그럴 때면 아주 힘들게라도 원래 문장의 길이, 그 간략함을 어떻게든 살려야 하니까요."

이제 외국에서 낭송회를 하는 일을 그만두긴 했지만, 앞으로도 될 수 있으면 피하고 싶다.

"저는 이런 식의 해외 여행을 아주 싫어해요. 외국에서 낭송회를 제안받으면 처음에는 이런 생각을 하죠. 그 여행에서 최소한 못 가 본 도시도 둘러볼 수 있을 거라고요. 그런데 막상 외국에 도착하면 하루 종일, 아침부터 밤까지 행사 주최자랑 함께 있어야 하고 개인적인 시간은 조금도 낼 수가 없어요. 물론 경우가 아주 다양하긴 하죠. 행사 주최자가 다른 이들과 잘 어울리는 사람이면 꽤 좋은 시간이 되기도 하지만, 유감스럽게도 항상 그렇지는 않아요."

6. 뇌스틀링거와 출판인들

크리스티네 뇌스틀링거는 30년 넘게 같은 출판사들과 변함없는 관계를 유지하고 있다. 다름 아닌 프리드리히 외팅어와 벨츠 & 겔베르크, 닥스 출판사, 이렇게 세 곳이다. 특히 닥스 출판사는 1995년부터 출판된 작품과 더불어 그 이전 유겐트 & 폴크 시절에 발행된 작품들에 대한 권리를 가지고 있다. 세 출판사 가운데 유일한 오스트리아 출판사인 닥스도 그 사이 독일의 파트모스 출판사에 인수되었다. 이 출판사들은 뇌스틀링거의 작품을 번역하거나 문고판으로 출판하고, 오디오북이나 영화 제작에 뒤따르는 2차적 권리들도 가지고 있다.

그녀의 주장대로라면, 크리스티네 뇌스틀링거는 변함없이 '그녀의' 출판사들에 돌아가며 일정한 속도로 서비스를 하기 위해 노력했다. 각각의 출판사에서 해마다 한 권씩 책을 낸 셈이다. 아스트리드 린드그렌 기념상 수상식 인사말에서 그녀는 세 출판사에서 돌아가며 책을 내게 된 이유를 이렇게 설명했다.

"출판사 한 곳으로 충분하지 못했던 데는 이유가 있었어요. 책을 내고 예상하지도 못했던 성공을 거두니 무척 신이 난 데다 뒤엉벌처럼 거리낌 없이 문장을 써 내렸기 때문"이라고.

첫 작품을 인쇄한 출판인은 2년에 한 번씩 원고를 받고 싶다고 얘기했다 한다.

"저는 첫 번째 책 『불꽃머리 프리데리케』를 내고 반년이 지나서 다음 책을 완성했어요. 그러고 나니 왜 이 책을 출판하기 위해 일 년 반이나 마냥 기다려야 하는지 납득할 수 없었지요. 그래서 가장 괜찮다고 생각하는 독일 출판사에 원고를 보냈어요. 출판사도 내 얘기를 마음에 들어했죠.

그 무렵 한 학술회의에서 아주 매력적인 독일의 젊은 출판인을 알게 되었어요. 그때는 학술회의가 한창 유행이었거든요. 처음 만나자마자 그 친구와 깊은 우정이 싹텄어요. 그러니 당연히 그가 새로 만든 어린이책 출판사를 위해 내가 꼭 글을 써야 하는 상황이 되었죠. 그래서 세 곳 출판사와 관계를 맺고 이곳을 위해 골고루 '돌아가면서' 일정한 속도록 작품을 만들어 냈어요. 돌이켜

보면 그저 감탄스러울 따름이에요.

　이런 이야기들이 꽤나 '동화 속 이야기처럼 쉬운 일'로 들린다는 사실을 잘 알아요. 그렇지만 어린이책 작가들에게 그 당시는 황금기였어요. 어린이책이 온전한 세상을 그린다라는 고정관념을 깨려는 작가들에게요. 독일이나 오스트리아에 이런 생각을 뒷받침하는 상황이 펼쳐지고 있었고, 어린이와 어린이 교육, 어린이 문학에 대한 수많은 토론이 벌어졌어요. 교육학자들, 심리학자들, 사회학자들, 작가 및 출판인들, 또 그 밖의 전문가들이 서로 다른 의견을 내세우며 격렬하게 싸웠어요. 아이들이 세상에 대해서 알아도 되는 것과 아이들에게 감춰야 하는 것들에 관한 문제라면 토론을 멈출 수가 없었죠. 또 어른들이 어떤 문제로부터 아이들을 지켜 주어야 하며, 어떤 문제에 대해 반드시 계몽시켜야 하는지 등과 관련된 문제라면 더욱 그랬고요.

　간단히 말해서 정치에서와 마찬가지로 어린이 문학과 관련해서도 '좌익'과 '우익'이 충돌했어요. 어린이책에 관한 학술회의에서 참가자들이 던진 질문과 그 질문을 둘러싼 토론과 긴장감은 오늘날은 상상조차 할 수 없을 거예요. 그때는 교사와 서점인, 도서관 사서와 편집인, 학부모 단체 대표, 작가, 그리고 하늘이 아는 사람들 모두가 아이들의 행복을 위해서, 또 아이들의 행복에 대해서 치열하게 토론했어요.

이러한 분위기에서 '오랫동안 전해 내려온 틀'을 깨는 작가가 유명해지는 일은 그리 어렵지 않았죠. '진보' 진영은 그런 작가들에게 과도한 찬사를 쏟아부었고, '보수' 진영은 말할 수 없는 비난을 퍼부었는데, 양쪽 반응 모두 작가들의 유명세를 더해 주었죠.

저는 칭찬을 많이 받았지만, 그보다 더 많은 욕을 먹었어요. 특히 보수적인 교사들이 제 책을 거부했어요. 책에 등장하는 교사들이 훌륭하게 그려져 있지 않아서 그런 건 아니었어요. 무엇보다도 책에 나오는 아이들 때문이었죠. 아이들이 말하는 방식을 문제 삼았어요. 좋은 가정교육을 받고 자라는 아이들이 하는 대로 말하지 않는 게 문제였죠. 당시 오스트리아에서는 벌써 세 쌍 가운데 한 쌍이 이혼하는 추세였지만, 어린이책에서 이혼 문제를 다루는 것을 '뻔뻔스럽다'고 여겼어요. 어린이책은 '온전한 가정'의 '바른 행동거지'를 그려야 한다는 것을 좌우명으로 삼고 있었으니까요. 지금의 아이들이 어떻게 살고 무엇을 경험하는지에 관한 것들이 아이들에게 읽을거리가 된 건 정말 얼마 되지 않았어요."

하지만 출판사마다 운영하는 출판 프로그램 역시 두드러지는 차이가 있었다. 파트모스(유겐트 & 폴크 출판사는 나중에 닥스가 되었다가 지금은 파트모스가 되었다)에서 출간된 책들은 확실히 어느 정도 관습성과 빈 지역에 뿌리내린 토착성을 특징적으로 드러낸다. 이 가운데서 진정한 실험정신이 발휘된 책들을 찾아보기란 어렵다. 첫 작품 『불꽃머리 프리데리케』 후에 쓴 사투리 시집 『매우 가난한 사람들에 대해』와 『오소리 다니』 같은 그림책들, 또 초등학교 아이들에게 무척 인기 있는 '미니' 시리즈 책들이 닥스에서 나왔다. 크리스티네 뇌스틀링거의 딸 크리스티아네가 '미니' 시리즈와 이 출판사에서 나온 다른 몇 권에 그림을 그렸다.

그 밖에도 이곳에서 나온 책들은 칼럼을 위주로 모아 놓은 책들이다. 『할머니를 위한 ABC』가 출간되었고, 『요리의 ABC』, 『아무것도 계획하지 않았다─논문·연설문·인터뷰 모음집』 등이 있다.

후베르트 홀라드예는 유겐트 & 폴크 출판사 시절부터 닥스 출판사가 되기까지 수십 년 동안 크리스티네 뇌스틀링거와 함께 출판 활동을 해 왔다. 이 출판인은 그녀의 예순다섯 번째 생일을 맞아 이 작가를 어떻게 알게 되었는지 다음과 같이 설명한다.

"저는 한 30년 전에 크리스티네 뇌스틀링거를 알게 되었어요. 그녀를 만난 계기는 '책 읽는 우리 집'이란 제목을 단 새로운 초등학생용 읽기 작품 때문이었어요. 빈에서 활동하는 어린이·청소년책 작가들의 공동작품이었죠. 발행인으로 초등학교 교육자 두 명이 유급으로 일을 맡아 했고요.

크리스티네 뇌스틀링거는 저를 못 믿겠다는 듯이 똑바로 쳐다 봤어요. 그때 제가 나이에 비해 너무 점잖고 순응적인 사람처럼 보였나 봐요. 게다가 교과서 편찬위원이라니, 당시 작가들 분위 기에서 그런 지루한 일들은 상상조차 할 수 없었죠.

저도 쉽지는 않았어요. 발행인 둘을 세심하게 설득해야 했으 니까요. 아이들은 어린이책 작가들이 쓴 글들을 더 많이 읽고 싶 어 하고, 이야기의 내용과 의미를 더 많이 생각한다고요. 휘파람 소리와 유머가 빠져 버린, 이제껏 교과서에 실린 교훈적인 글들 보다 더 잘 다가갈 수 있다고요. 작가들도 세심하게 설득해야 했 어요. 이 작업이 삶과 현실에 관한 더 많은 이야기들을 학교에 가 져다 줄 수 있는 기회가 될 거라고요. 현실과 동떨어진 '진·선· 미' 이야기를 이른바 교육의 헛간으로 밀어넣을 수 있는 기회라 고요.

그렇게 해서 『마릴넨 골목 4번지 집』과 동물 이야기들, 그리고 다른 명작선들이 각각 단계에 맞게 2, 3, 4학년용으로 만들어졌어 요. 이 작업으로 저 또한 어린이책을 제작하기 시작했고요. 이 책 들은 교과서로 발행되었을 뿐만 아니라 어린이책으로도 판매되었는데, 어린이책으로 더 큰 성공을 거두었죠.

우리는 『마릴렌 골목 4번지 집』에 이어 다른 교과서 프로젝트를 공동으로 진행하며 보람도 느꼈어요. 교육자들이 우리 생각을 따라 준 것은 특별히 설득당해서라기보다, 죽어 가는 교육 사조의 화석으로 남고 싶지 않아서였죠. 크리스티네 뇌스틀링거의 시각을 빌리면 우리 우정은 이렇게 싹텄다는군요. '후베르트가 노래를 했는데 그 노래가 날 끌어당겼어요. 그렇게 노래를 부르는 사람은 단순하게 학교 교재나 만드는 재미없는 맹탕은 아닐 거라고 생각했어요! 제 입장에서는 그게 우리 우정의 시작이에요……' 그 당시 저는 노래를 할 때 늘 가사 때문에 골머리를 앓았어요. 그래서 노래들을 연결해서 이상한 메들리를 불렀어요. 꽤 우스꽝스러웠을 거예요.

한번은 그녀에게 클라리넷을 연주할 수 있으면 좋겠다고 말한 적이 있어요. 그랬더니 제 쉰 번째 생일에 B클라리넷을 선물하면서 소망을 덧붙이더군요. 자신의 예순 번째 생일에 「붉은 깃발」[1]을 연주해 달라고요. 수업을 아주 열심히 받았더니 곧 들어줄 만하게 연주할 수 있었어요. 그런데 디스크에 사고까지 겹쳐서 열

---

1) Avanti Popolo. 이탈리아의 혁명가로 여러 나라 말로 번역되었고 주로 노동 계층
   이 불렀다.

의가 꺾였죠. 결국 다른 사람 앞에서는 전혀 연주할 수 없었어요. 특별히 이 곡을 연습하긴 했지만 청중 앞에서 연주하려니 용기가 나지 않았어요. 그녀는 저를 용서했지만 정말로 그러지는 않았어요. 그렇다고 섭섭해하지도 않았고요. 저는 그녀를 매우 이해심 많고 인내심 있는 작가로 알고 있는데, 무엇보다도 시간을 정말 잘 지켜요.

어린이책 이야기는 별로 하지 않아요. 꼭 필요한 것만 이야기하죠. 우리의 주된 화제는 정치 이야기이고, 신에 관해서도 거의 이야기하지 않아요. 현실 세계에 관한 이야기, 요리 이야기를 훨씬 더 많이 하죠. 그녀 눈에 비친 제 요리 기술은 술 마실 때 곁들이려고 소시지를 데우는 수준이에요. 아무 말도 하지 않는다면 그게 곧 칭찬인 셈이죠. 서로의 정원에 대해 이야기를 나누고, 더불어 6월부터 숲 지대에 눈이 올지 말지 이야기하면서 사소한 언쟁 따위가 일어나지 않게 배려하죠.

작가와 출판인 사이의 우정은 여러 고리로 연결되어 있어요. 친인척 관계랑 비교할 수 있죠. 이 경우 각각의 역할은 취향에 따라 나뉠 수 있고, 이러한 우정이 발휘되는 범위는 좁은 편이지요. 목적을 전제로 한 우정이니까요. 의견 불일치가 곧 관계 단절로 이어질 수 있지만, 공동의 목적이 다시 이러한 단절을 이어 줄 수 있어요. 우리는 서로 좋아해요. 서로에 대해 잘 알고, 할 수 있는 것과 할 수 없는 것, 하려는 일과 하지 않으려는 일을 잘 알고 있어요. 서로 거슬리는 일은 하나도 없어요. 그녀가 만든 요리는 천상의 것 같고, 그녀의 남편 에른스트 뇌스틀링거는 치즈와 와인에 관해서라면 노련한 전문가인 데다 그녀와 마찬가지로 유쾌하고 흥미진진한 대화 상대예요.

사실 마음에 걸리는 게 있어요. 아직 빚이 있잖아요. 클라리넷으로 「붉은 깃발」을 연주해야 하니까요. 다시 연습을 시작할 거예요."(1000 und 1 Buch 2001. 3)

벨츠 & 겔베르크 출판사 역시 크리스티네 뇌스틀링거가 글을 쓰기 시작한 1970년대 무렵부터 2006년 10월 그림책 『해적 레온』이 새로 출간되기까지 동반자로 활동해 왔다.[2] 책 제목의 레온이라는 이름은 바바라 겔베르크의 아들 이름을 따온 것인데, 그 아들이 해적 이야기를 무척 즐겨 읽기 때문이었다. 이런 사실에서도 드러나듯이, 크리스티네 뇌스틀링거는 출판사를 결정할 때 개인적 관계에 영향을 받는 편이다.

벨츠 & 겔베르크 출판사에서 나온 여러 책들 가운데 『오이대

---

2) 이 책이 출간된 2007년을 기준으로 쓴 말이다. 그 뒤에도 동반자적 관계는 잘 유지되고 있다.

왕』(1972)이 있다. 이 책은 1973년 크리스티네 뇌스틀링거에게 독일청소년도서상[3]을 안겨 주었다. 또한 꽤 무게감 있는 청소년 소설 『안드레아스, 혹은 빙산의 7/8 아래에』와 『시간표』, 자전적인 소설 『날아라, 풍뎅이야!』와 『오월의 2주 동안』도 이곳에서 나왔다.

한스 요아힘 겔베르크는 작가와 출판인 사이의 개인적 관계에 대해서 『2인용 베틀로─글쓰기에 대한 수공업적이고 인간적인 도전』이라는 책을 썼다. 이 책은 크리스티네 뇌스틀링거의 예순다섯 번째 생일을 맞아 출간되었다.

"방금 크리스티네 뇌스틀링거의 편지들을 꺼내 읽었다. 30년 동안 가까이에서 작품을 두고 나눈, 우정이 충만했던 시간 속으로 침잠할 수 있도록. 이 글이 크리스티네의 예순다섯 번째 생일을 기념해 울려 퍼지는 작은 축하의 팡파레가 되면 좋겠다.

출판 작업에 관해 쓴 나의 두 번째 책 『호두까기』를 크리스티네의 쉰 번째 생일에 맞춰 출간하여 선물한 일도 그리 오래되지 않았다(어쨌거나 내게는 그렇게 다가온다). 책에 자주 인용된 그녀의 말이 있다. '난 오로지 내가 아는 것에 대해서만 쓸 수 있다.'

---

3) 오늘날 독일청소년문학상의 전신이다.

또 자주 인용한 연설문도 있다. 「어린이 문학은 문학인가?」[4]이다. 놀랍게도 우리는 아직까지 이 질문과 씨름하고 있다. 그것도 더 많이. 왜냐하면 그에 대해 알 말한 사람들, 그에 대해 말하고 뭔가 해야 할 모든 사람들의 관심이 점점 사그라들고 있기 때문이다. 위대한 이론가들은 아직까지도 의견 일치를 보고 있지 못하다. 크리스티네 뇌스틀링거가 150편의 소설과 이야기를 써 온 (시를 썼다는 사실도 잊지 말 것) 30년 동안 그녀를 잘 모르는 사람들에게조차 그녀가 위대한 문학작품을 썼을 뿐 아니라, 나아가 어린이 문학이 모든 세계 문학의 시적인 총화에 속한다는 사실을 이미 증명해 보였는데도 말이다.

어쩌면 이 격동의 시대에(이 시기는 결코 순탄한 시대가 아니었다) 문학을 이른바 두 층으로, 곧 어린이를 위한 문학이라는 아래층과 어른을 위한 문학이라는 위층으로 나눈 것이 잘못이었는지도 모른다. 아래층에서 출발해 위층까지 도달하는 엘리베이터를 타는 일은 극히 드물었다. 단지 여기저기에 어린이 문학적인 것이 있을 뿐이었다.

어쩌면 동경에 가득 차 그곳에 마치 행복이 있기라도 하듯 위

---

4) 「아동문학은 문학인가?」(김경연 옮김)라는 제목으로 《창비어린이》 창간호에 소개되었던 글을 부록에 다시 실었다.

층으로 향하는 엘리베이터를 기다리는 것 역시 잘못이었을지도 모른다. 왜냐하면 보존할 가치가 있는 것이 무엇인지 결정하는 것은 여전히 어린이 문학 자체이기 때문이다. 그것은 우연이 아니다. 심지어 행운일지도 모른다! 문학을 특징짓는 것이 어린 시절 가까이에 있다는 점은 분명하다. 우리가 문학을 만나는 곳 어디에서나 문학은 항상 어린 시절을 노래하기 때문이다.

크리스티네 뇌스틀링거는 그녀가 쓴 잊지 못할 이야기 『프리다에 관해서』(1977)를 시작하면서 사람들에게 주의를 주었다.

'프리다에 관해서, 이 이야기를 쓰는 일은 정말 힘겹다. 그러나 프리다는 여느 열다섯 살짜리들과 마찬가지로 자기 이야기에 대해 권리를 갖는다. 그러므로 사람들은 애쓰지 않으면 안 된다. 글을 쓸 때도 읽을 때도 프리다가 자신의 이야기에 권리를 갖는다는 사실을 잊으면 안 된다.'

크리스티네 뇌스틀링거는 수없이 다양한 방식으로 글쓰기라는 힘겨운 과정(그녀의 책에서는 거의 알아차리기 힘들지만)에 대해서 철저한 실험을 했다. 생각해 내기 – 예측하기 – 되짚어 보기를 하며 이야기를 만들어 내고 등장인물(엄마, 아빠, 이웃, 아이들을 다루는 어른들, 또 오이대왕과 다른 괴물과 아이들)을 세상으로 불러들여 말하게 하는 것은 단지 수공업적인 도전만이 아니라 인간적인 도전이기도 하다. 바로 그 속에서, 이러한 수공업적이며 인간적인 도전 속에서 아이들은 크리스티네를 벗 삼아 의기양양하게 학교에 갈 수 있다. 그곳에서 어쩌면 『하나와 모두』[5](1992)라는 365일 일용할 책을 앞으로 뒤로 넘겨 가며 읽을 수 있을지 모른다.

그녀와 '동행하는' 편집인으로서 나에게 그녀의 작품은 어떤 경우든 보편적인 가르침을 주었다. 이 작가가 항상 자신의 언어와 환상을 동원해 출판사 책상에 놓아 준 작품들은 해가 갈수록 내게 깊은 인상을 남겼고 출판사에도 큰 영향을 미쳤다. 그녀의 원고는 늘 편지와 함께 왔다. 1972년 『오이대왕』을 마치고 『날아라, 풍뎅이야!』를 쓰던 무렵, 그녀는 이런 편지를 썼다.

'친애하고 존경하는 선생님! 어렵네요. 어린이책의 환상 세계에서 현실을 길어 올리는 일, 모든 것을 선하고 아름답게 그리는 일 등은 조금도 어렵지 않아요! 그렇지만 인간성을 길어 올리는 일, 그 일은 어려워요.'

사람들은 자신이 그토록 사랑하는 작가에 대해서 뭐라고 말할까? 모든 것을 인정하고 감탄해마지 않는 작가가 어느 새 예순다섯 살이 되었다면 뭐라고 말할까? 작가가 그 오랜 시간 동안

---

5) 절기에 맞게 단편동화, 만화, 격언 등 다양한 글과 그림, 놀이로 구성된 연감.

아주 멋진 책들을 썼기 때문에 칭찬을 아끼지 않을까?(여기저기서 여러 언어로 읽히지만, 이따금은 잘 읽히지 않아 책꽂이에서 자리만 차지하고 있는 책들도 있다!) 출판사에 그렇게 많은 발행 부수를 선물한 데 대해 칭찬을 아끼지 않을까? 아니면 크리스티네와 내가 1969년 우라흐에서 열린 학회에서 만화의 말풍선에 대해 이야기를 나눈 행운의 시간에 대해 이야기할까? 어쨌거나 이 대화는 잊을 수 없는 만남의 시작이었다. 출판사 입장에서 보면 이제 그녀의 작품들을 모아 '전집'으로 정리하거나 청소년문학상을 받은 『오이대왕』과 『전성기의 후고』[6]에게도 호화 장정을 입힌 특별판을 꼭 만들어야 할 것이다. (모든 좋은 이야기는 변함없이 살아남는다. 그러나 책의 장정은 10년이나 15년마다 바꿔 줘야 한다.)

출판 전체를 염두에 두고, 곧 작가와 편집인의 공동 작업이 갖는 의미를 이야기하려면 다음 문장을 마지막으로 인용하는 것이 적절하고 올바를 것이다. 크리스티네와 내가 많은 책들을 계획하던 1974년에 그녀가 보낸 편짓글 가운데 일부이다.

'혹시 우리가 함께 양탄자 가게를 열면 어떨까요? 2인용 베틀

---

6) 어른이 되기를 거부하는 남자아이 이야기로, 밤마다 종이비행기를 타고 여행하며 다른 세상에서 모험을 펼친다. 작품 속에서 현실 세계와 이상 세계가 교차한다. 1989년 초판 발행.

을 들여놓고요. 보조원이 베틀 위에 세로로 실을 놓아 주면 우리
는 그 앞에 앉아 그 줄의 매듭을 지어요. 그리고 내가 빨강과 보
라색 실로 해와 달과 별들을 묶은 실을 한 가닥씩 3분마다 당신에
게 건네주면 당신도 내게 또 다른 실 한 가닥을 건네주고. 척척
호흡이 맞네요! 그러면 우리는 고개를 끄덕이며 다시 매듭을 짓
고요.'"

프리드리히 외팅어 출판사는 많은 사랑을 받는 '프란츠' 시리즈
를 펴내는 곳이다. 프란츠 시리즈는 여러 해 동안 '해·달·별'이라
는 어린이책 시리즈의 하나로 정기적으로 출간되었다. 그 밖에
외팅어 출판사에서 나온 책들로는 '꼬마 그레트헨' 시리즈나 '루
키 라이브' 같은 수많은 전통적인 어린이책이 있다. 그렇지만 『열
네 살 일제 얀다』나 『언니가 가출했다』, 또 『깡통 소년』처럼 매우
사회 비판적이며 고민을 자극하는 청소년 소설들도 있다.

외팅어 출판사의 발행인 질케 바이텐도르프는 크리스티네와
의 작업을 매우 특별하게 만드는 요소에 대해서 다음과 같이 밝
혔다.

"30년도 더 되었는데, 어린이 주간지 《슈테른》[7]의 부록으로
《슈테른헨》[8]이 있었어요. 1970년에 한 젊은 오스트리아 작가가
그 부록에 자신의 두 번째 소설 출간을 앞두고 책의 일부를 실었

어요. 아주 특별한 일을 다룬 이야기였죠. 그 특별한 일들은 자이 페리츠라는 할머니가 바트 씨의 충고를 따를 때마다 일어나는데, 바트 씨는 모든 시대를 통틀어 가장 위대한 발명을 한 사람이에 요. 공상과학 동화였는데, 이 잡지의 편집인이 이야기가 신선하 고 상투적이지 않다고 말해 줘서 그 책에 관심을 갖게 되었어요. 익숙하지 않은 오스트리아 식 운율이 느껴지긴 했지만요.

1971년에 펴낸 『바트 씨의 걸작 혹은 젊음을 되찾은 할머니』 가 크리스티네가 외팅어 출판사에서 낸 첫 번째 작품이에요. 그 밖에 여러 작품들이 연달아 나왔어요. 『그레트헨 자크마이어』 삼부작, 프란츠 이야기들, 루키 라이브, 『열네 살 일제 얀다』, 『올 피 오버마이어』와 수많은 작품들이죠. 30년 동안 30권의 책이 나 왔어요.

책 속에서 그녀는 자신의 모든 기쁨과 걱정, 위기를 담아 현실 을 그려 냈고, 독자들은 그 안에서 자신이 존중받고 있다고 느꼈 어요. 얽혀 있는 가족 관계, 이혼과 결혼의 위기, 좌절과 도피, 여자와 남자의 성 역할, 학교 문제, 환경 보호 등 심각한 문제들 을 다뤘는데, 언제나 아이들을 위한 변론을 펼쳤어요. 제정신은

---

7) stern. '별'이라는 뜻.
8) sternchen. '꼬마별'이라는 뜻.

아니지만 기지가 철철 넘치는, 깡통에서 나온 소년 콘라트에 대한 풍자가 가장 멋졌어요. 공장의 생산 방식에 맞춰 현실에 순응하던 인물이 반항적이고 반권위주의적인 소년으로 커 가는 이야기죠.

제가 누구와도 바꿀 수 없을 만큼 좋아하는 인물은 삑삑거리는 새된 목소리를 내고 곱슬곱슬한 금발머리를 화관처럼 두르고 있는 프란츠예요. 프란츠는 아주 단순한 방식으로 뇌스틀링거의 뛰어난 특징들을 모두 통합해 내고 있어요. 1979년에 '해·달·별' 시리즈를 기획하면서 크리스티네 뇌스틀링거에게 혹시 이 시리즈에 맞는 작품을 써 줄 수 있는지 물었어요. 처음에 그녀는 이 시리즈가 책읽기를 가르치는 교수법의 도구라고 여겼지만, 시도해 보겠다고 했어요.

그리고 1983년, 그녀는 '프란츠 이야기' 1권에서 프란츠라는 이상적인 인물로 우리를 깜짝 놀라게 만들었어요. 프란츠는 번뜩이는 아이디어가 넘치는 아이인데, 독특한 매력이 있고 풍부한 유머를 지닌 성격으로 그려 프란츠에게 생명을 불어넣었죠. 그 뒤 프란츠에 관한 책이 11권 나왔네요.[9]

---

9) 2014년 현재는 20권이 나와 있다.

「어머닐날 모자」[10]에 관한 이야기를 얼마나 자주 큰 소리로 낭송했는지 몰라요. 특히 젊은 부모님들 앞에서요. 그때마다 즉석에서 아주 좋은 반응을 얻었어요. 프란츠에선 전형적인 뇌스틀링거 현상이 뚜렷하게 드러나요. 다시 말해 이야기들이 아이들은 물론 어른들 마음도 사로잡는 현상요. 아이들과 어른들이 똑같은 지점에서 웃는 건 아니지만, 어른들과 아이들 모두 웃어요.

크리스티네 뇌스틀링거는 자기 아이들에게 이야기를 읽어 주는 어른들도 이야기에서 뭔가 얻기를 바라요. 반대로 그녀 자신은 책을 정말 탁월하게 읽어 줄 수 있는데도 다른 사람들 앞에서 낭송하는 것을 좋아하지 않아요. 크리스티네 뇌스틀링거는 글을 쓸 때뿐 아니라 말을 할 때도 간결한 유머를 섞어 너무나 생생하고 명료하게 설명할 줄 알아서 그녀와 이야기를 시작하면 멈출 수가 없어요.

그녀는 유쾌하고 긍정적이며 관점이 분명한 사람이고, 자기 자신을 엄격하게 다뤄요. 다른 사람들로부터 유감의 말을 듣거나 위로받게 되는 일은 거의 용납하지 않지요. 모든 출판사가 바라는 이상적인 작가예요. 크리스티네 뇌스틀링거는 확실히 복잡하

---

10) 프란츠 시리즈의 『사내대장부』 안에 들어 있는 단편으로, 「엄마를 깜짝 놀라게 한 선물」로 번역되었다.

지 않은 작가이고, 스스로를 '간수하기 쉽다'고 말해요. 진정한 프로죠. 그녀와 함께 일하면 출판인과 작가 양쪽 모두가 최상의 상태에 도달할 수 있게 서로를 보완한다는 느낌을 받아요.

새로운 책을 부탁하면 그녀는 아주 간단하게, '좋아, 친구. 손에 넣게 될 거야'라고 말했어요. 그러고는 실제로 작품이 손 안에 들어오지요. 물론 우리가 늘 새로운 주제를 제시하지 않았더라면, 프란츠 이야기는 더 적게 나왔을 거예요. 여행 이야기, 우정 이야기, 환경 이야기와 또 다른 이야기들을 제안했죠. 또 한 가지 말한다면, 이것도 크리스티네의 아주 전형적인 특징인데, 그 다음 원고는 우리가 제안한 주제의 영역에 있지 않아요. 놀랍게도 다른 이야기가 나와요. 그리고 아직까지도 축구 이야기를 건드리지 않았어요.[11] 그녀를 가로막는 장애물이 너무나 큰 거겠죠. 축구에 관해서는 아무것도 이해하지 못하니까요.

축구 이야기가 있든 없든 우리는 앞으로 여러 해 동안 그녀와 함께 일하길 바라고, 그녀의 다음 작품들과 아이디어들을 기대하고 있어요. 그리고 앞으로도 그녀가 이렇게 낙천적이고 유머가 넘치며 독립적인 모습을 유지하길 바랍니다. 지금처럼요!"

---

11) 이 인터뷰 이후인 2002년에 프란츠의 『축구 이야기』가, 2006년에는 『프란츠의 새로운 축구 이야기』가 나왔다.

이러한 글들을 읽으면 출판사와 작가 사이에 늘 사랑과 배려와 진정성만 존재한다고 생각하고 싶을 거다. 뇌스틀링거와 잘 맞지 않은 출판사는 없었을까?

"없어요. 한 번도 다른 출판사와 일하려 한 적이 없거든요. 물론 사소한 일들을 다른 출판사에서 하기도 했지만, 늘 작은 일들로 약속을 잡은 것이지 출판사를 바꾸려는 계획은 전혀 없었어요. 진실한 출판사와 작가들은 서로를 버리지 않아요. 그런 짓은 도무지 하지 않죠. 게다가 출판사를 바꿀 필요를 느껴 본 적이 한 번도 없어요. 그와 정반대였죠. 세 출판사도 조금은 버거운 편이에요. 하지만 난 이 세 곳에 돌아가며 착실하게 봉사했어요. 내가 세 출판사 가운데 한 곳이나 아니면 전혀 다른 한 곳에서만 뭔가를 했더라면, 그 출판사는 엄청나게 됐을 겁니다. 딱 두 출판사와 일을 했다면 가장 좋았을 거예요. 그렇지만 출판인들과 개인적인 우정이 싹텄고 세 곳 모두 친절하고 정확했어요. 그러니까 이렇게 지낸 것도 괜찮아요.

저 역시 상대적으로 '관리하기 쉬운' 작가예요. 모두가 그렇지는 않거든요. 몇몇 동료들을 알고 있는데, 이 사람들은 말도 안 되는 이유로 출판인들한테서 상처를 받아요. 또 다른 종류의 작가들도 있어요. 믿을 만한 출판사에서 제대로 된 계약을 맺었는데도 분명히 뭔가가 잘못되었다고 여기고 속았다고 생각하는 거죠. 그렇게 불신으로 꽉 찬 동료들도 있어요. 또 자기 책이 신간 목록의 1면이나 2면이 아닌, 뒤쪽 어딘가에 소개되었다는 이유로 무지 흥분하는 사람들도 있어요. 심지어는 자기 책이 더 눈에 띄는 페이지에 소개되지 않았다고 화를 내는 사람들도 있거든요. 어떤 쪽이 더 낫죠? 오른쪽이던가 왼쪽이던가? 잊어버렸네요. 이름은 모르겠는데, 그 사람은 자기가 왼쪽 지면에 실렸는데, 누가 봐도 오른쪽 지면이 더 시선을 끈다면서 출판사를 떠나 버렸어요. 저는 그런 것들은 아예 쳐다보지도 않아요."

빈에서만 쓰는 관용적인 표현과 같은 언어와 관련된 문제는 어떻게 해결하는지 계속 이야기를 나눴다. 특히 프란츠 시리즈에서는 독일어의 문어적 표현을 사용한 점이 분명히 눈에 띄기 때문이다.

"아, 그건 그렇죠. 벨츠 출판사는 오스트리아 식 독일어를 사용하게 해요. 이 출판사에서는 상관하지 않아요. 지금은 은퇴한 요헨 겔베르크는 물론 출판사를 물려받은 그의 딸 바바라도 빈의 언어를 사랑해요. 바바라는 아무것도 반대하지 않아요.

외팅어 출판사와는 이렇게 의견을 모았어요. 좀 더 큰 아이들이 읽을 책에는 오스트리아 식 독일어를 그대로 쓰는 거죠. 그렇지만 책읽기를 막 시작하는 어린이들을 위해서는 그냥 표준 독일어 규칙을 지키려고 해요. 어찌 됐거나 이해할 수 있어요. 이 시기 아이들은 글자를 읽는 것도 어려운데, 그것도 모자라 한 번도 들어 본 적 없고, 그래서 이해할 수 없는 단어들이 나온다고 생각해 보세요. 꼭 그럴 필요는 없겠죠.

저도 반드시 오스트리아 식으로 그가 '토펜골라췌'[12]를 먹는다고 쓸 필요는 없지만, 그렇다고 독일 식으로 '크박타일헨'을 먹는다고 쓰는 건 절대 반대예요. 그렇게 쓰면 내가 텍스트 안으로 가질 못해요. 그렇지만 뭐든 다른 음식을 먹을 수는 있잖아요. 언제나 어떤 식으로든 해법은 찾을 수 있어요. 내가 교정지를 주의 깊게 읽지 않아서 놓친 문장이 있을 수 있어요. 그러고는 우연히 낭송회에서 그 실수를 발견하죠. 맙소사, 여기 뭐라고 쓰여 있는 거지? 예를 들어 벨츠 출판사에서 나온 책에 'Er hat gesessen'이라고 쓰여 있는데, 오스트리아에서는 'Er ist gesessen'이라고 말하거든요."[13]

---

12) 일종의 크림치즈를 넣어 만든 페이스트리로, 오스트리아에서는 토펜골라췌, 독일에서는 크박타일헨으로 부른다.
13) 두 문장 모두 '그가 앉았다'라는 뜻으로 독일과 오스트리아의 언어 습관이 다른 데서 오는 에피소드를 이야기한 것이다.

7. 뇌스틀링거와 독자들

어린이책 작가들은 어린이 문학을 다루는 서평이 너무 적다고 불평한다. 하지만 크리스티네 뇌스틀링거라는 한 개인에 대해 미디어 세계가 얼마나 큰 관심을 쏟는지 살펴보면 정말 놀랄 만하다. 유명하다는 것이 혹시 불편하진 않은지 물어보았다. 그녀는 유명하다는 건 원래 재미있는 일인 것 같다고 생각했다.

"제가 얼마나 유명한가가 기준이 되겠지만, 그건 불편한 일이 아닌 것 같아요. 가끔씩은 장점이 있기도 하거든요. 예를 들면 가게에서 사람들이 더 친절하게 대해 주고 차례도 더 빨리 와요. 사람들에게 알려진다는 것이 조금은 불편할 수 있지만, 그건 유명세와는 아무 관련이 없어요. 신문에 글을 써서 의견을 밝혔는데, 그 의견을 대다수 사람들이 마음에 들어하지 않을 수 있잖아요.

특히 그 사안이 민족 문제나 과거의 잔재와 연관되면, 그러면 그건 불쾌한 일이 될 수 있어요. 알려져 있다는 사실이 말이죠. 그러면 절대 괜찮다고 말할 수 없는 우편물이나 편지를 좀 받게 돼요. 파렴치하고 악의적인 살인 협박까지 들어 있어요.

예를 들어 전에 편지가 왔는데, 편지지가 빈틈없이 바늘로 찍혀 있었어요. '당신이 여기 내 앞에 없기 때문에'라고 바늘로 찍어서 구멍을 제대로 뚫어 놓은 거죠. 그런데 이런 일은 사실 유명세와는 아무 연관이 없어요. 그냥 벌어지는 거예요. 자신의 이름을 걸고 신문에 글을 쓰면."

그녀는 자신이 처한 딜레마를 털어놓았다.

2006년 10월 13일, 그녀의 일흔 번째 생일을 맞이해 독일어권 전역에서 뇌스틀링거 탄생을 기념하는 축제가 열렸다. 벌써 여러 날 전부터 전문지와 일간신문에 생일을 축하하는 글들이 실렸고, 오스트리아는 물론 독일의 도서관도 독자들을 특별행사에 초대했다. 출판사들은 뇌스틀링거의 신간과 특별판을 광고했고 서점에서는 이 사랑받는 작가에게 축하를 보냈다.

인터넷 검색기 구글에서는 이 날을 즈음해서 셀 수 없이 많은 방문자들이 그녀의 이름을 검색어에 올렸다. 생일 축하 글을 쓰고 행사 일정 등을 조회했다. 이러한 축하 풍경은 서점에서 주최

한 뇌스틀링거 경품 행사에서부터 북부 독일의 작은 도서관에서 연 낭송회에 이르기까지 다양하게 펼쳐졌다. 《여성의 세계》는 뇌스틀링거에 관한 자세한 기사뿐 아니라 매우 희소가치가 있는 사진들을 실었다. 다름 아닌 숲 지대에 있는 뇌스틀링거의 집과 남편, 딸 크리스티아네와 사위 파트릭, 그리고 두 명의 손주 네테와 난도의 사진이었다.

ORF 라디오 '문화의 집'은 저녁 시간에 크리스티네 뇌스틀링거를 초대했고, 그 행사의 주요 장면들을 편집해서 다음 날 Ö1에서 프로그램을 내보냈다. 주말에는 ORF 방송국에서 『우체국 도둑 놈! 놈! 놈!』을 방영했고, 며칠 뒤에는 '웰컴 오스트리아'의 손님으로 그녀를 초대했다. 또 일간지 《데어 슈탄다르트》는 '책과 사람에 대해서─클라우스 필립과 크리스티네 뇌스틀링거의 대화'라는 저녁 행사를 열어 풍성한 인터뷰 자리를 마련했다. 파트모스 출판사도 빈에 있는 '어린이 문학의 집'에서 크리스티네 뇌스틀링거를 기념하는 축제를 열어 어린이를 위한 낭송회를 열고 작가와의 대화 시간도 마련했다.

이런 축하를 받은 작가는 모든 행사를 인내심 있게 끝마쳤다. 축하 행사가 거의 끝날 무렵에는 조금 피로를 느꼈지만 존경을 듬뿍 받았다.

이미 잘 알려져 있듯이 크리스티네 뇌스틀링거는 낭송회에 잘 참여하지 않는다. 따라서 이러한 행사들은 수많은 독자들에게 개인적으로 이 작가를 알 수 있는 흔치 않은 기회가 되었다. 그리고 뇌스틀링거는 바로 이런 자리를 통해 자신의 언어가 글을 쓸 때 특별히 달라지지 않는다는 사실을 직접 보여 줄 수 있었다. 사람들은 그녀가 말하는 것과 조금도 다름없이 글을 쓴다는 사실을 신선하게 받아들이고 진정성을 느꼈다. 그녀는 순서를 기다리는 어린이들에게 끝까지 정성껏 서명을 해서 선물해 주었다. 되풀이해서 아이들 이름을 묻고 가끔씩 작은 하트를 그려 넣고 친절한 말도 몇 마디 곁들였다.

또 침착하고 익숙하게 인터뷰용 마이크와 부속 장비를 준비시키고 상대방이 던진 질문들에는 생각나는 대로 막힘 없이 자연스럽게 대답했다. 이미 한 번쯤은 들어 본 대답 같은 느낌이 든다. 거의 40년 동안 반복해서 인터뷰에 응했는데, 그때마다 질문이 예상에서 벗어나지 않았고 큰 변화가 없었기 때문이다.

이렇듯 자연스럽고 직선적인 반응은 인터뷰 진행자에게도 어쩔 수 없이 유연함과 순발력을 요구한다. 그녀의 스스럼없는 태도에 어떤 이들은 두려움을 느끼기도 한다. 그녀가 자신의 생각을 거리낌 없이 표현하기 때문이다. 그렇다 보니 한번은 클라우스 필립과 인터뷰를 하는 동안 꾀를 내어 오래전 필립이 부탁한 미완성 소설의 부분 부분을 그냥 재빨리 새롭게 다시 썼다는 사실을 고백하기도 했다. 필립과 약속까지 했지만, 더 이상 이 오래된 이야기의 구성 요소들을 기억해 낼 수가 없어서 그랬노라고 말이다. 이러한 태도는 인터뷰 진행자에게는 고도의 노련함을 요구하지만, 청중들에게는 완벽한 호감을 불러일으킨다.

이렇게 호감을 불러일으키는, 그녀만의 독특한 특징은 과연 무엇일까? 일간지《디 프레세》의 다음 이야기는 그 일면을 보여 준다.

"그녀는 여가 시간에 '아이들과 관련된 일'은 아무것도 하지 않는다. 더군다나 다른 사람이 쓴 어린이책도 읽지 않는다. 그런데 왜 사람들은 자신의 칠순을 맞이해 그렇게 소란을 피우는지 알 수가 없다. '그래서 생일은 어떤 행사처럼 보여요. 싫든 좋든 함께해야 하는.' 크리스티네 뇌스틀링거는 솔직한 생각을 드러내지만 한 가지 사실만은 외면할 수 없다. 자신이 오스트리아 어린이 문학의 간판이라는 사실 말이다."

크리스티네 뇌스틀링거가 '어린이책의 노벨상'에 해당하는 아스트리드 린드그렌 기념상을 수상한 2003년에는 생일 축하보다 더 큰 칭송을 받았다.《프랑크푸르트 알게마이네 자이퉁》은 다음과 같은 사실을 확신했다. 곧 크리스티네 뇌스틀링거가 이 상을 수상하고 "어린이를 위한 세계문학의 유명한 원로가 되었다는 점(크리스티네 뇌스틀링거는 모리스 센닥과 이 상을 공동 수상했다), 그리고 아스트리드 린드그렌의 유산을 자신만의 독특한 방식으로 계승하고 있고, 이 계승 과정에서 어떠한 종류의 모방도 없었다는 점"이다.

또한 《데어 슈탄다르트》는 "세계문학에 미치지 못하는 점이 아무것도 없"기 때문에 이번 수상이 가능했다고 밝혔다. 아울러 "이번 수상의 의미는 무엇보다도 이 빈 출신 작가가 지은 책들이 지닌 가치를 높게 평가한 데서 그치지 않는다. 곧 아스트리드 린드그렌만이 아니라 다른 이들도 뇌스틀링거가 작품 속에서 휴머니즘을 실현하고 모든 형태의 권위에 회의를 품음으로써 독자를 존중했다는 사실을 높이 인정했다는 데 있다. 이렇게 독자를 존중함으로써 그녀는 오늘날까지 모든 형태의 아첨과 거리를 둘 수가 있다."

매체들은 뇌스틀링거가 구사하는 특별한 언어를 반복적으로 다뤄 왔다. 빈에서 발행되는 주간지 《팔터》는 이렇게 적고 있다.

"뇌스틀링거의 승리는 언어의 승리다. 그녀는 빈의 사투리, '퓌-언어'에서 나오는 표현들을 사랑한다. 그렇지만 그녀도 분명히 말했듯이, 저학년용 글을 쓸 때는 입에서 나오는 대로 쓰지 않는다. 이 세계 편집자들의 의견을 꺾고 이런 사투리들을 아무렇지도 않게 쓸 수 없다는 사실쯤은 그녀도 잘 알고 있다. 그래서 내 딸이 쓰는 가장 온순한 욕 가운데 하나가 '오아쉬크피크타 니콜로[2]'가 되었다."

물론 이러한 낱말들이 사랑스런 어린아이들의 읽을거리로 적합한지는 교육학적 관점에서 당연히 의심해 볼 수 있다.

독일 교사들은 그녀의 자전적 소설 『날아라, 풍뎅이야!』와 『오월의 2주 동안』 두 권을 학교 교과서 연계 읽기 교재의 최고로 꼽는다. 프란츠와 미니 시리즈 이야기들도 책읽기를 시작하는 아이들이 무척 좋아하는 책들 가운데 하나로 각 도서관에 가장 많이 비치되어 있다. 특히 이 두 시리즈의 오디오북을 사려면 반드시 예약해야 할 만큼 많은 사랑을 받고 있다.

크리스티네 뇌스틀링거의 이름을 듣는 순간 5세부터 99세의 독일어권 사람들 머리에 곧장 무엇이 떠오를지 무척 흥미롭다. 이를 알아보기 위해서 설문지를 만들고 대표성 있는 표본을 골라

---

2) 뇌스틀링거가 만들어 낸 말장난.

그 반응을 조사했다.

　빈의 김나지움에 다니는 15~16세 학생들을 위한 설문지도 만들었다. 이들은 대부분 크리스티네 뇌스틀링거의 책을 한 권 혹은 여러 권 읽으면서 자란 세대로, 크리스티네 뇌스틀링거 하면 "초등학교 문학, 단순하게 쓰여진, 흥미진진하고 변화무쌍한, 그러나 결코 심하게 자극적이지는 않은" 등이 떠오른다고 적었다. 그리고 대체로 미니 시리즈와 프란츠 시리즈를 가장 사랑하는 책으로 꼽았다.

　독일의 에센과 뒤셀도르프, 이거스하임에 사는 7세부터 15세까지의 초등학교와 김나지움 학생들은 가장 먼저 이야기가 담고 있는 유머와 우스꽝스러움을 강조했다. 이곳 아이들도 미니 시리즈와 프란츠 시리즈는 물론 『날아라, 풍뎅이야!』와 『오월의 2주 동안』도 가장 좋아하는 작품으로 꼽았다.

　"크리스티네 뇌스틀링거의 책에서 읽은 내용 가운데 무엇이든 따라해 본 적이 있나요?"라는 질문에 독일의 10세 여자아이가 가장 독창적인 대답을 했다. 이렇게 말이다.

　"있다. 『날아라, 풍뎅이야!』 이야기에서 '주사위 모양의 야채 맛 조미료가 완전히 녹지 않으면 맛이 좋고 적당히 간간할 텐데' 하고 주인공이 말한다. 그러니까 누군가가 이야기한다. '코딱지도 똑같은 맛이 날 거야.' 나는 그 사실을 믿을 수가 없어서 한번 해 보았다. 그렇지만 벌써 몇 년 전이다."

"크리스티네 뇌스틀링거의 소설에 등장하는 인물 가운데 누가 제일 마음에 들고, 누가 마음에 들지 않나요? 그 이유를 몇 문장으로 적어 주세요."라는 질문에 빈에 있는 초등학교 4학년 학생들은(9~10세 사이) 몇 가지 재미있는 생각들을 보여 주었다.

"『릴리의 가슴 떨림』에 나오는 아민이 마음에 들지 않는다. 로자 리들은 아주 마음에 든다. 아민은 밥맛이 뚝 떨어질 정도로 지독한 냄새가 난다. 로자 리들은 아주 잘 도와준다. 그 점이 마음에 든다."

"『깡통 소년』의 바톨로티 아줌마가 최고로 마음에 든다. 아줌마는 정말 웃기고 엉뚱한 것들을 말한다."

"난 오이대왕이 싫다. 오이대왕은 정말 야비하니까."

"프란츠는 좋고 가비는 싫다"

"난 『오이대왕』의 볼프강이 좋다. 볼프강은 쿨해 보이는 데다 이야기를 직접 쓰기 때문이다. 『오이대왕』에 나오는 아빠는 좋지 않다. 오이대왕 편만 들기 때문이다."

우리는 어른들에게도 질문지를 돌렸다. 직업이 있는 25~47세의 빈 시민들은 부분적으로 향수를 드러냈다. "크리스티네에게 하고 싶은 말이 있다면?"이라는 질문에 이런 답이 돌아왔다.

"그녀가 평생 써 온 작품들에 감탄을 멈출 수가 없다. 어린이와 어른들을 위해 그녀가 펼쳐 놓은 수많은 멋지고 긍정적인 생각들에 감사하고 싶다. 특히 쥐 쥐이 비서와 오이대왕에게는 더욱 그렇다."

오랜 작가 활동 속에서 벌써 두 세대 반이 뇌스틀링거 작품 속 인물들과 함께 자랐고, 그녀의 작품들은 영속성을 얻게 되었다.

"당신은 이제까지 크리스티네 뇌스틀링거의 작품을 읽거나 보거나 들었나요?"라는 질문에 45세의 어떤 사람이 대답했다. "대략 20권쯤 된다. 내가 어렸을 때, 나중에는 내 아이들과, 요즈음은 내 학생들과 함께 읽는다."

어떤 책의 후속편이 계속 이어지면 좋겠느냐는 질문에는 예상대로 매우 다양한 답변이 돌아왔다. 하지만 어린이든 어른이든 나이에 관계없이 가장 많은 사람들이 프란츠 이야기를 꼽았다.

이제 방송에서 그녀가 어떤 일들을 했는지에 관심을 돌려 보자. 크리스티네 뇌스틀링거는 라디오에서 일한 시간들에 대해 정감 어린 목소리로 이야기를 들려주었다. 라디오 작업은 한 가족 방송국에서 아기와 관련된 소재를 다루면서 시작되었다. 방송국 건물 수위가 처음으로 누구냐고 묻지 않았을 때는 꽤 자부심을 느꼈다. 라디오 일을 하며 다양한 경험을 쌓고 지적인 폭을 매우 넓힐 수 있었다고 말한다.

"난 이반 일리히, 알리스 밀러, 에버하르트 리히터와 알렉산더 밋셜리히 같은 사람들을 통해 처음으로 해방신학과 흑백의 교육관에 대해 알게 되었고, 내 부족한 부분들을 채워 가기 위해 노력했어요."

그 시간 동안 그녀가 계속 열정을 쏟으며 라디오 작업을 하게 만든 장본인은 후베르트 가이스바우어다. 그는 그녀에게 작업 기술을 가르쳐 주었을 뿐 아니라 '윤리적 지침'이 되어 주었다. 그가 진행하는 뮤직 박스를 위해 방언 시를 썼고, 이 시들 역시 나중에 출판되었다. 그를 위해 쥐 쥐이 비서를 생각해 냈다.

"그 꼬마 녀석이 큰 성공을 거둔 것도 그에게 감사할 일이에요. 좋은 텍스트는 후고를 위한 것이니까요."

그리고 덧붙였다.

"나는 여러 해 동안 다양한 매체에서 일했어요. 출판사, 신문, 텔레비전 등 곳곳에 뛰어난 사람들이 있었지만, 그렇다고 그 뛰어난 사람들을 위해 하는 일이 나 자신을 더 뛰어나게 만들지는 못했어요. 이런 일들은 단지 오래된 라디오에서만 가능했어요.

*

그래서 라디오 방송국을 진정한 매체라고 생각해요. 증기 라디오의 숨결을 쿵쿵대며 맡을 수 있는 한 말이죠."

어린 라디오 청취자들이 '쥐 쥐이 비서' 이야기들을 어떻게 들었는지 알아보기 위해 『70년대 어린이들의 온라인 기억 앨범』을 들여다보자. 여기서는 원본의 기록들 『비키와 슬리메와 파이퍼』(100쪽)에 실린 글을 인용하겠다.

—옛날에 쥐 쥐이 비서 주니어가 이른 아침에 라디오에서 방송되었다. 학교 가기 전에 항상 아침을 먹으면서 방송을 들었다. 근데 참아 주기가 힘들었다.(안드레아)

—반대로 나는 그를 정말 좋아했다! 덜거덕거리는 목소리로 '사랑하는 친구들' 하고 부르며 방송은 시작된다. 수수께끼 같은 모습!(치열은 삼중이고 발에는 스케이트를 달고 있는 데다 다른 특징들까지 갖고 있는) 독특한 언어! 예를 들자면 그는 '나' 대신에 '나나'라고 하고, '글을 쓰다' 대신 '석필을 쥐다'라고 한다. 그는 부모를 '귀한 어르신' 아니면 '낡은 빗자루'로 부른다. 우리 집에서는 이 쥐 쥐이가 쓰는 말들이 식구들 사이에서 단단히 뿌리를 내렸다. 엄마를 엄마빗자루로 불렀고 설거지할 차례가 된 사람을 부엌빗자루 등으로 불렀다. 나는 '그래서' 대신 '그렁께롱'이라는 말을

아직까지도 쓰고 있다. 그 밖에도 난 나를 항상 부드럽게 쓰다듬어 줄, 나한테 항상 잘해 주는 수호천사를 바랐다. 비비 뷔신이 야우제한테 가져다 준 것 같은 것. 아니면 훈제 곰고기를 끼운 빵이라도.(수)

　－어디서나 볼 수 있는 '로고'나 '클라로' 역시 뇌스틀링거의 쥐 쥐이에서 나왔다!(하이드룬)

　－라디오에서 쥐 쥐이가 시작하면(한 6시 무렵이었죠, 맞죠?) 우리 집에서는 아주 조용히 해야 했다. 내가 다른 것과는 비교할 수 없을 만큼 좋아하는 라디오 방송이었으니까.(카를로스)

　－천재적인 이야기 '난－그때－너무－어렸지만－어쨌거나 우스운 구겔후프－잊지 않기' 같은 건 절대 잊지 말아 주세요.(바테스만)

　－쥐 쥐이는 물론 중요했다. 그리고 '샬라성의 시합'도 잊을 수 없다.(A:R)

우리는 주변의 아는 사람들에게 한 번 더 아주 자세하게 '쥐 쥐이 비서'에 관해 물었고 다음과 같은 대답을 얻었다.

－물론 나도 라디오에서 나오는 쥐 쥐이를 알았지만 그때는 벌써 열아홉 살이었다. 그래서 그 이야기를 웃긴 것쯤으로 생각했

다. 이야기에 사용되는 언어들은 그 당시 다른 언어와 비교해 볼 때 사춘기 아이들에게 더 맞춰져 '쿨'하게 다가왔다.(아논, 47세)

– 내가 기억하는 쥐 쥐이는 아직까지도 정말 신선하게 다가온다. 아침에 방송국 Ö3의 전파를 탔는데, 개인적으로는 그 방송을 그렇게 좋아하지 않았다. 몰아세우는 듯한 목소리가 듣기 불편한 데다 이야기가 멍청하고 억지를 부리는 것 같았다. 그래서 이 이야기가 세상을 떴을 때는 기분이 상쾌하기까지 했다. 그렇지만 이런 반응은 분명히 그때 사춘기를 겪기 시작했기 때문이었을 거다. 이런 '애스러운' 이야기에는 더 이상 관심이 없었다. 아니면 아직 관심을 갖지 못했거나. 특정한 이야기에 대해 자세한 것은 기억하지 못한다. 딱 한 가지, 전자 음향으로 합성된 그 목소리들 때문에 끔찍하게 신경이 거슬렸다는 점은 기억이 난다.(크리스티안, 40세)

– 아이 때 난 쥐 쥐이 비서를 너무 좋아해서 이 방송이 끝났을 때 정말 슬펐다. 초등학교 때 엄마는 아침이면 라디오를 틀어 주셨다. 쥐 쥐이 비서를 들으면 정신이 말짱해졌다. 그 인물은 정말 재미있었고 그가 벌이는 수많은 모험을 함께할 수 있었다. 단 한 가지, 여동생과의 문제는 아직까지도 이해가 가지 않는다. 나도 여동생 처지였으니까. 목소리가 너무 튀긴 했지만, 소리를 듣자

마자 그 목소리의 주인공이 쥐 쥐이 비셔라는 것을 바로 알아챘고, 잠에서 깨어나 정신을 차리고 이야기에 귀를 기울였다.(가비, 36세)

참고로 오리지널 쥐 쥐이를 듣고 싶다면 인터넷을 이용하면 된다.(http://www.kiku.at/noestlinger/dschi.htm) 유튜브나 구글에서 Dschi Dchei Wischer를 검색해도 된다.

8. 어린이책의 미래를 위하여

크리스티네 뇌스틀링거는 어린이의 문학적 대변인으로 자주 일컬어진다. 그녀가 1997년부터 1999년까지 인권단체 'SOS 이웃과 함께하는 사람들' 의장을 맡은 것은 우연이 아니다. 『전성기의 후고』(1983)에는 이렇게 쓰여 있다.

"나는 한 명의 아이이므로 아이다운 모든 것에 대해 권리를 갖는다! …… 나는 행복할 권리가 있다! …… 난 끊임없이 어른들이 원하는 대로 나를 끼워 맞출 필요가 없다! 난 자유로운 아이이고 내게 이로운 것은 나 스스로 가장 잘 알고 있다."

이러한 입장은 뇌스틀링거가 작가로 활동하기 시작한 무렵 전통적인 어린이 문학을 지배하고 있던 교훈적 분위기에 한 획을 그었고, 1968년 이후 세대의 자유로운 분위기의 핵심과 정확히 맞아떨어졌다.

아스트리드 린드그렌과 같은 생각을 지닌 사람들은 크리스티네 뇌스틀링거는 말 그대로 교육적이지 못한 사람이라고 한다. 그리고 바로 이런 점 때문에, 그녀는 2003년 아스트리드 린드그렌 기념상을 수상할 수 있었다. 작가로서 그녀는 여러 방면에 매우 적극적으로 참여하며 활동을 펼쳤다. 이러한 활동들에는 무례하기까지 한 풍자, 사실을 꿰뚫는 진지함, 그리고 잔잔한 따스함이 배어 있다는 공통의 특징이 있다. 또한 그녀는 한 치의 망설임도 없이 아이들과 외톨이 편에 선다.

"아이들이 책을 읽으면서 보호받고 있다고 느끼며 위로를 받고 자유롭다고 느낄 수 있는 게 꼭 스토리 때문이 아님을 이해했기 때문이에요. 이 사실을 이해하는 데 아스트리드의 책들이 아주 많은 도움을 주었어요. 그건 바로 언어예요! 언어는 웃음을, 울음을 터뜨리게 할 수 있어요. 언어는 위안을 줄 수 있고, 쓰다듬어 줄 수 있고, 보호받는 느낌, 풍선처럼 자유롭게 떠다니는 듯한 느낌을 줄 수 있어요."

아스트리드 린드그렌 기념상 수상 소감에서 그녀가 한 말이다. 그리고 소감을 마무리하며 다음 이야기를 덧붙였다.

"독자에게 귀 기울이지 않는 한 이런 유의 언어는 거의 배울 수 없어요. 어느 누구도 아스트리드만큼 이런 언어에 통달할 수는 없겠지만, 저는 적어도 그러려고 애를 쓰고 있지요."

그녀는 오늘날 독일어권의 어린이·청소년 문학자들, 그러니까 어린이책을 쓰려는 이들이 전보다 훨씬 더 어려운 환경에 놓여 있다고 말한다. 요사이 출판사들은 예전보다 어린이책의 질에 가치를 훨씬 덜 부여하고, 오로지 어떤 작품이 잘 팔릴까에 대한 질문만 한다는 것이다.

"전에는 어떤 작가를 믿으면, 또 자신이 생각하기에 좋은 작가라는 판단이 서면 그 작가 책을 펴내는 출판인들이 있었어요. 그렇게 나온 책이 잘 팔리지 않아도 '뭐, 괜찮아. 아마 다음 책은 시장에서 인정받게 될 거야'라고 말했고 다음 책을 출판했죠. 그리고 그 책이 또다시 팔리지 않으면 '뭐, 괜찮아. 그럼 세 번째 책을 다시 시도해 보지!' 했죠. 요즘엔 이런 일은 거의 일어나지 않는다고 봐요. 만약 어떤 출판사가 이런 식으로 일한다면, 그 출판사는 망하겠죠."

그러나 결코 출판사를 비난하려는 의도는 없다. 왜냐하면 출판사들이 겪는 어려움은 완전히 다른 것이기 때문이다.

"이제 판매에 엄청 신경을 써야 해요. 예를 들어 외팅어 출판사도 싸구려 책들을 찍어 내고 있고, 지금 이런 싸구려들로 돈을 잘 벌어들이고 있죠. 그렇지만 출판사 입장에서 두꺼운 책을 7유로 90센트 가격으로 판매한다고 생각해 보세요. 어린이책은 어른용 책보다 생산 원가가 높아서 22유로 아래로는 절대로 만들어 낼 수가 없어요. 그러니까 책 한 권을 최소한 3만에서 4만 권 정도 팔아야 출판사도 어떤 식으로든 수지타산을 맞출 수가 있지요. 당연히 작가도 마찬가지로 낮은 비율의 인세를 받게 되지요. 출판사들은 더 이상 오랫동안 이런저런 시도를 해 보고 젊은 작가를 발굴하는 일 등에 돈을 쓸 여유가 없어요. 돈벌이가 안 되면요."

지난 5년에서 10년 사이에 어린이책과 청소년책은 늘 과격한 소재들을 애용했다. 몇 가지 소재만 언급해도 알 수 있다. 잔인성, 거식증, 성폭력, 자살 같은 것들이다. 뇌스틀링거는 이러한 현상을 어떻게 볼까?

"이런 소재들은 전부 하루살이 같아요. 눈에 띄는 몇몇 작가들이 있죠. 그 사람들을 나쁘게 말하려는 것은 아니지만, 그들은 항상 특정 시점에서 떠오르는 소재를 못박아 놓고 그 소재를 우려먹죠. 그렇게 사회 문제를 다룬 책을 써요. 그런 '문제작' 이야기는 듣기만 해도 소름이 돋아요."

그녀도 자신의 책들이 문제를 다룬다고 인정한다. 그렇더라도 책은 삶이라는 전체의 일부를 그려 내야 한다고 말한다. 삶이 항상 어떤 문제로만 이뤄진 것은 아니다.

"문제작이 갖는 관점에서 책에 접근하면, 그로부터 어떤 이성적인 것도 나올 수 없다는 게 내 생각이에요."

그녀는 어떤 어린이책 작가에게 지속적인 활약을 기대할까?

"아마 내가 너무 거만하기도 하고 또 많은 것들을 놓치고 있기 때문이겠지만, 오스트리아의 젊은 작가들을 보면 눈에 띄는 인물이 하나도 없어요. 서점에 가서 작품들을 둘러보면, 가장 젊은 어린이책 작가들이 벌써 쉰 살이 넘었어요. 우리 작가들 사이에서 청소년 취급을 받는 이들이 하인츠 야니쉬나 게오르그 뷔들린스키 같은 사람들인데, 사실 더 이상 젊은이들은 아니죠."

하지만 크리스토프 마우츠를 대단하게 여기고 있지 않은가? 이 작가는 젊은 세대에 속한다.

"마우츠요? 마우츠는 별명이고 이름이 후베르트 홀라드예죠. 자기 아버지와 이름이 같아요. 아직 마흔이 안 되었어요. 맞아요. 그런데 그는 더 이상 어린이책을 쓰지 않겠다고 마음을 굳혔어요. 이제 성인용 추리물을 쓰겠대요."

젊은 작가 세대의 장래가 밝지만은 않은 것 같다. 크리스티네 뇌스틀링거가 있어서 참 다행이다.

크리스티네 뇌스틀링거는 1970년 『불꽃머리 프리데리케』로 등단하자마자 새로운 어린이 문학의 원형을 선보였다는 찬사와 함께 독일청소년문학상을 받았다. 그리고 40년이 넘는 세월 동안 『오이대왕』, 『깡통 소년』, 『언니가 가출했다』부터 최근의 『나는, 심각하다』 등의 문제작을 비롯해 150편이 넘는 작품을 쏟아 냈다. 뛰어난 작품성을 인정받아 1984년 어린이 문학의 노벨상으로 불리는 한스 크리스티안 안데르센 상을 받았고, 2003년 아스트리드 린드그렌 기념상의 첫 번째 수상자가 되는 등 수많은 문학상을 휩쓸었다. 과연 뇌스틀링거는 어떤 사람일까? 그녀의 글쓰기는 어디에서 왔고, 어디를 향하고 있을까?

전쟁 속 어린 시절, 가족, 글쓰기

1936년, 2차 세계대전의 전운이 감돌 무렵 태어난 뇌스틀링거의 어린 시절은 전쟁 경험으로 가득하다. 물질적 결핍 속에서 자랐고 폭격, 강도, 강간, 배신, 집단 학살, 거짓 이데올로기 등 인간성을 위협하는 폭력과 부조리를 목격했다. 이 책에 인용된 『빈의 아이들』서문에서는 생존을 명분으로 인간다움을 저버리는 '익숙한' 현실과, 약탈의 한복판에서도 자존심을 버리지 않는 '익숙하지 않은' 아이들 모습을 가감 없이 묘사하여 독자는 피할 수 없는 질문과 마주하게 된다. 인간다움은 무엇일지, 인간들은 어떤 모습인지, 또 나는 어떤 인간인지? 진지한 독자라면 그녀의 작품에서 마주하게 되는, 외면할 수 없는 질문들이다.

우리나라 독자들이 사랑하는 작품들에서는 현대 사회의 굵직굵직한 문제와 부조리한 현실을 감지하는 날선 촉각이 느껴진다. 그녀는 삶과 삶을 얽고 있는 문제들을 기발한 상상력을 동원해 재치 있게 다루면서 인간다운 결말을 그려 내는데, 그녀의 가족은 이런 작품의 특성을 이해하는 데 중요한 실마리가 된다.

그녀의 가족은 여러모로 남달랐다. 우선 사회주의 이념에 투철했고 야만적인 정치에 맞서 민주주의를 꿈꿨다. 그녀는 자신을 "뼛속까지 빨갛게 물이 들었다"고 표현하는데, 가족의 정치의식에 큰 영향을 받았음은 분명하다. 또한 가족들은 어린 뇌스틀링거를 전쟁의 황폐함 속에서 안전하게 지켜 주었다. 그녀는 가족 안에서 사랑받는 아이였으며 한 번도 매를 맞아 본 적이 없다

한다. 당시로서는 매우 드문 경우라 할 수 있다. 특히 재기 넘치는 이야기꾼으로서의 면모 역시 가족들 사이에서 싹텄다. 가족들은 대단한 이야기꾼이었고 어린 그녀에게도 이야기를 들려주도록 격려했다. 이야기가 그럴듯하게 들리려면 어느 정도의 거짓말(혹은 환타지)은 불가피하다고 여기면서 말이다.

이야기꾼 뇌스틀링거의 특별한 독서 경험도 흥미롭다. 그녀는 어린 시절 『백작 부인의 일기』에 몰두했던 경험을 생생히 간직하고 있다. 600쪽 가운데 200쪽이 떨어져 나간 반쪽 책을 2년 동안이나 끼고 산 것이다. 책을 '읽는' 재미보다 떨어져 나가 비어 있는 이야기를 '상상'하는 재미에 빠져들게 한 이 책은 그녀에게 아직까지도 잊지 못할 책으로 남아 있다.

이렇듯 어린 시절 경험한 부조리한 현실은 그녀에게 삶의 모순을 감지하는 촉각을 예민하게 발달시킨 토양이 되었고, 가족들의 이야기 문화는 공상에 빠지고 이야기를 재미있게 꾸며 내는 자양분이 되었다.

언어로 빚는 한 조각 세상

정치 참여에 적극적인 청소년기를 보낸 뇌스틀링거는 종전과 냉전, 반전의 시기를 거치면서 젊은 시절에는 68정신으로 충만했고 사회변혁 의지를 불태웠다. 우연히 어린이책 작가가 되었다고 말하지만, 사실 그녀는 사회변혁 의지를 작품에 녹여 내고 싶은 강한 열망을 지니고 있었다. 이미 굳어진 어른들보다 아이들에게 세상과 어떻게 관계 맺을지 설명하는 일이 더 간단하고 설득력 있어 보였다고 말한다.

그러나 시간이 흘러 사회운동의 불씨가 잦아들고 사회주의적 변혁이 실패하면서 책을 통해 사회를 변화시킬 수 있다는 믿음 역시 무너졌다. 그렇다고 글쓰기를 그만둔 것은 아니다. 수많은 정치 사안과 시사 문제에 대해 신문과 잡지 등에 오랫동안 기고했다. 또 권위주의적인 체제에 도전하고 불평등한 현실과 구조를 비판하던 작품 세계를 더욱 다양한 소재와 시각을 통해 확장시켰다. 그녀는 자신이 추구하는 문학에 대해 이렇게 말한다.

아이들에게 어느 정도 합당한 수준에서 재미를 주고, 언어가 무엇인지를 가르쳐 주면 충분하다고 생각합니다. 그리고 아이들이 원한다면, 인간의 삶을 얽고 있는 연관성들을 보여 주면 좋겠지요.(77~78쪽)

그녀답게 '쿨'한 표현 방식이다. 재미에 무게를 두든, 인간 삶의 연관성을 보이는 일에 더 무게를 두든, 혹은 이 둘이 탄탄한

균형을 이루든, 작품 속에서 그녀는 언어를 매우 중요하게 여긴다. 독자는 작가가 그려 놓은 허구의 세상을 언어를 통해 체험하기 때문이다. 생생한 문학적 경험은 생생한 언어를 통해서 가능할 것이다.

우리말 번역본으로는 충분히 느끼기 어렵지만, 인터넷을 통해 그녀가 낭송하는 작품을 듣고 있으면 고유한 멜로디를 타고 인물과 이야기가 저마다의 질감을 발하며 춤을 춘다. 그녀는 작품 속에 수많은 빈의 사투리를 등장시켰다. 모국어로 작품을 읽는 독자라면, 그녀의 어린 시절 토착어를 통해 다양한 함축과 함의를 풍요롭게 전달받고 강렬한 인상을 맛볼 것이다. 그녀는 또 말을 만들기도 했으며 바꿔 부르기도 했다. 낙원처럼 들리는 맛난 언어들이 작품을 더욱 맛깔나게 한다.

그녀는 자신의 언어를 직접 정의하는 대신 린드그렌이야말로 언어에 통달했고, 언어를 통해 아이들에게 보호와 위로, 자유를 선사하는 대가(大家)라고 이야기했다. 언어야말로 독자를 웃고 울게 할 수 있고, 위안을 줄 수 있으며, 풍선처럼 자유롭게 떠다니는 듯한 느낌을 줄 수 있기 때문이라고.

"열 손가락을 타자기에 올려놓고 세상을 바꾸는 일"은 포기했다고 말하지만, 질 높은 언어를 통해 인간성을 길어 올리는 일에 대한 그녀의 고심은 변함이 없다. 출판인이자 친구인 겔베르크에게 보낸 편지에는 "친애하고 존경하는 선생님! 어렵네요. 어린이책의 환상 세계에서 현실을 길어 올리는 일, 모든 것을 선하고 아름답게 그리는 일 등은 조금도 어렵지 않아요! 그렇지만 인간성을 길어 올리는 일, 그 일은 어려워요!"라며 작품을 향한 고충을 털어놓았다.

좋은 작품이란? 현재 진행형인 고민

작품을 통해 인간성을 길어 올리면서 수많은 독자를 매료시키는 작품을 어떻게 만들어 낼까? 원하는 작품을 어떻게 구체화할까? 글쓴이 우르줄라 피르커는 뇌스틀링거에게 사랑받는 어린이책을 쓰는 '성공 비법'에 대해 물었다. 성공 비법이라는 표현이 적절했는지 알 수 없지만, 뇌스틀링거는 다음과 같은 대답으로 자신의 글쓰기 과정을 간명하게 표현했는데, 매우 시사적이다.

"아이들이 즐겨 읽고 싶어 하는 것을 어느 정도 추측하고, 또 아이들이 읽어야 할 것을 어느 정도 추측한다." 여기에 "내 영혼과 머리에서 쓰라고 충동질하는 어떤 것들"에 대해 쓰고 싶은 절실한 욕구가 더해지고 아이들이 흔쾌히 웃을 거라는 확신이 선다. 물론 풍자에 대한 "기막힌 것들

과 말놀이를 하고 싶은" 욕구도 더해진다. (72쪽)

한 작품이 태어날 때 뇌스틀링거는 온몸으로 자신이 욕구하는 것을 몇몇 판단 요소와 결합시킨다. 우선 아이들을 대상으로 무엇을 쓸지 고민한다. "아이들이 읽고 싶어 하는 것" 이나 "아이들이 읽어야 할" 것, 어느 한 가지 요소만 일방적으로 강조하지 않고 이 둘을 모두 고려한다. 그래야 작품이 지나친 가벼움에 빠지거나 어른들의 입맛만 당기는 교훈성에 빠지는 위험에서 벗어날 수 있기 때문이다. 여기에 풍자와 유머, 말놀이 등 그녀만의 개성 넘치는 스타일이 더해진다. 특히 아이들에 대한 이해를 바탕으로 아이들이 읽고 싶어 하는 것, 변화하는 세계 속에서 아이들이 읽어야 할 것을 고민하는 과정은 작품에 매우 생생한 현실감을 부여하는데, 이러한 판단 속에서 그녀는 간절하게 글을 쓰라고 충동질하는 것들에 집중한다. 무엇이 절실한 욕구를 불러일으키는지 구체적으로 언급하지는 않았으나, 이제까지 출판된 책들, 그리고 앞으로 나올 책들이 그 대답일 것이다.

이 책은 크리스티네 뇌스틀링거의 삶과 작품을 주요 관심사로 삼으면서도 그녀의 작가 활동과 관련된 출판인들과의 작업, 번역물, 독자 반응처럼 어린이 문학 전반을 두루두루 살펴 광범위한 인터뷰와 자료를 담았다. 뇌스틀링거는 조곤조곤 이야기를 들려주기보다 '툭툭' 한두 마디씩 던지는 식으로 말을 하는데, 그녀의 말과 자료를 따라가다 보면 자연스레 어린이 문학 동네를 구경하게 되고, 나아가 어린이 문학의 지향에 대한 고민과 마주하게 된다.

뇌스틀링거 팬이라면 이 책을 통해 그녀의 작품을 더 깊이 이해하는 계기가 될 것이다. 작품을 새롭게 읽으며 그녀가 빚어낸 한 조각 세상에 펼쳐진 삶과 그 세상을 빚어낸 독특한 언어를 깊이 이해하고 즐기게 되면 좋겠다. 또 작가나 출판인, 연구자 등 어린이 문학에 보다 직접 관여하는 독자라면, 그녀가 다 설명하지 않은 괄호 속 이야기를 자신의 모색으로 적극 채워 가면 좋겠다.

40년이 넘는 시간 동안 쉬지 않고 달려온 그녀의 발자취는 어린이 문학이 무엇인지, 또 무엇이어야 할지 치열하게 묻고 답한 살아 있는 역사다. 뛰어난 언어로 빚어낸 어린이 문학을 통해 세상을 변화시키고자 하고 휴머니즘을 길어 올리려 했던 그녀의 뜨거운 열정과 노력이 우리나라 어린이 문학 관계자들에게 많은 영감을 주길 희망한다.

옮긴이 이명아

아동문학은 문학인가?*

　얼마 전 나는 공항에서 아동문학을 본업으로 삼고 열심히 활동하고 있는 여자 친구를 만났다. 그 친구는 독일의 문학자들과 격렬한 토론을 벌이는 자리에 손님으로 갔다 왔다는데, 그들이 아동문학을 "특정 독자 집단에 방향을 맞춘 통속대중문학"으로 정의하고 있더라고 불평했다.

　그 소리를 들은 이후 다행히 일을 할 때는 아니지만 양파를 썰거나 텔레비전을 보거나 하는 그다지 유쾌하지 않은 때에 자꾸만 그 "특정 독자 집단에 방향을 맞춘 통속대중문학"이라는 말이 떠

＊ 1985년 오스트리아 책 주간 개막식 때 크리스티네 뇌스틀링거가 강연한 내용으로 《창비어린이》 창간호(2003년 여름)에 실렸던 글(김경연 옮김)이다. 현재 한국 어린이 문학계에도 유효한 글이라 판단하여 옮긴이의 허락을 얻어 다시 싣는다.

올랐다. 자신을 진정시키기 위해 나는 우리 오스트리아의 문학자들에게서 위안을 찾아보았다. 그러나 위안은 주어지지 않았다. 그들은 독일의 문학자들보다는 조금 더 공손하긴 하지만 근본적으로 똑같은 견해를 갖고 있었다. 그들은 따뜻한 말투이긴 하지만 아동문학에서는 "진정한" 문학을 찾아볼 수 없다고 설명하는 것이었다. 여기서 우리는 일반문학자들이야 아동문학을 모르는 사람들이니 아동문학 작가들과 독자들이 서로 잘 공감하고 있다면 굳이 그들의 의견에 신경쓸 필요는 없다고 쉽게 대답할 수도 있으리라.

그렇지만 그런 소리를 들으면 독일의 문학자들은 몹시 기뻐할 것이다. 검인정 통속문학의 대가라고 할 수 있는 콘잘리크(Konsalik) 씨도 그런 식의 논거를 댈 수 있을 것이기 때문이다. 콘잘리크 씨와 그의 수백만 독자들보다 서로 더 잘 공감하고 있는 경우를 어떻게 상상할 수 있겠는가.

'아동문학' 개념은 그다지 오래된 것이 아니다. 작가들과 출판업자들이 그 개념을 발명하고 고집했다. 전에는 "좋은 책"과 "저속한 책"이 있었다. 좋은 책이란 대개 소년·소녀들이 일반에서 원하는 대로 얌전하고 예의바르게 처신하도록 독려해 주는 착한 책을 말했다. 이때 물론 소년·소녀들에게 똑같은 "좋은" 책이 주어지지는 않았다. 그것은 고정된 성 역할을 추구한다는 의미에서 나쁜 결과를 초래할 수 있기 때문이었다.

어린이책을 만드는 사람들이 '아동문학'이라는 까다로운 개념을 고집하고부터 일이 복잡해지고 문학적인 것과 통속적인 것을 구분하자는 요구가 나오게 되었다.

어린이책 작가들에게 이 구분은 쉽게 여겨진다. 거의 모두 자신은 문학을 생산한다는 전제에서 출발한다. 그 결과 자기 작품과 비슷한 종류의 작품을 생산하는 동료들은 문학을 생산하고, 그렇게 하지 않는 동료들은 통속적인 것을 생산하는 것이 된다.

어린이 독자들은 훨씬 마음 편하다. 아이들은 자기가 재미있다거나 멋있다, 시시하다, 따분하다고 생각한 것이 문학이든 통속문학이든 상관치 않는다. 부모들은 아이들과 타협한다. 기껏해야 싸구려 연재만화를 보는 것에 반대할까, 두 장의 딱딱한 책 표지 사이에 들어 있는 것은 보통 사랑하는 아이에게 '장려'할 만한 것으로 간주한다. 에니드 블리튼(Enid Blyton, '노디' 시리즈로 유명한 미국의 대중적 동화작가)의 25번째 시리즈나 100번째 망아지 이야기를 읽고 있는 자녀의 의식이 어떻게 될까 염려하는 엄마 아빠는 드물다.

다행히 우리에게는 부업 또는 본업으로 어린이책에 관여하는 전문가들이 있다. 그들은 무슨 무슨 위원회니 심의회니 협회에서, 학회니 세미나니 워크숍에서, 추천도서 목록, 회보, 평가에서 지치지 않고 일하고 있다. 그들은 우리에게 무엇이 통속적인지 알려 주는가? 문학이라는 쌀과 시답잖은 왕겨를 가려 보여 주는가?

유감스럽지만 그들은 아주 드물게만 그렇게 하고 있다. 내 말을 증명하기 위해 나는 여러분에게 어린이책에 대한 판정들을 몇 가지 인용하고 싶다. 그 중 하나는 이렇다. "(…) 이 책은 일곱 번(6, 12, 23, 34, 47, 52, 81쪽)이나 맥주를 마시는 장면이 나오기 때문에 거부해야 한다!"

가령 여러 쪽에 걸쳐 술 마시는 장면이 나온다는 이유로 찰스 부코우스키(Charles Bukowski)를 거부하는 문학비평가를 상상할 수 있는가? 그런 비평가는 상상할 수 없다! 게다가 어른들을 위한 책에 대해서는 비평을 쓰지 판정을 내리지는 않는다.

교육적 견지에서—나는 그것이 그른 것인지 올바른 것인지 판단하고 싶지 않지만—어린이책에서는 레몬주스를 마시는 사람만 나와야 한다고 말할 수 있다. 그러나 이러한 요구는 문학과는 아무 상관이 없다. 또 젊은이들이 성년이 될 때까지 순결을 지킨다면 그들은 좋은 가르침을 받고 있는 거라고 생각하고 청소년

문학이 그 조언자가 되기를 바라는데, 그것도 비문학적인 요구이다.

또는 언어를 예로 들어 보자! 한 판정자의 문장을 인용해 보자. "(…) 이 작가는 비속어를 써야 한다고 생각한다!" 그러나 작가는 단지 밑바닥 환경에 있는 아이들의 대화를 재현하려면 그들이 쓰는 말을 잘 관찰해야 한다고 생각했을 뿐이다. 이 작가는 오랫동안 비속어를 쓰는 것을 문학으로 간주해 온 것이 아니라, 문학을 할 의도가 있다면 언어 면에서도 정직하고 성실해야 한다고 생각하고 있다.

그에 반해 비속어에 놀란 판정자는 아이들이 잘 다듬어진 언어만을 책에서 접하기를 바라면서, 혹시라도 아이들이 글 속의 저속한 언어에 고무되어 그런 언어를 좋아하게 될까 봐 두려워한다. 심지어는 저속한 언어를 입에 달고 사는 아이들이 책 속의 글을 통해 좀 더 얌전한 어휘를 쓰게 되기를 희망한다. 이 갸륵한 희망에 경의를 표하는 바이다.

그러나 그것은 문학과는 아무 관계가 없다! 문학은 교육적 보조수단이 아니다! 예절 바른 태도를 갖도록 도와주는 방패막이가 아니다! 아이들의 삶을 이루는 온갖 것이 다 어린이책에 나타나서는 안 된다고 말하거나, 또는 종종 이야기되듯이 "그렇게 극단적으로" 또는 "대담하게" 나타나서는 안 된다고 말하는 사람들이 있다. 그들은 비록 원하지는 않더라도 아동문학을 가볍고 통속적인 것으로 축소시키고 있는 것이다.

또 하나 인용을 해 보겠다. "이 책을 읽어 보라고 했더니 내 아들도 다른 아이들도 크게 동감하지 않는다." 만약 어떤 문학비평가가 "마르틴 발저(Martin Walser)의 『방화』(Brandung)는 내 친구 오토도 내 장모도 동감하지 않으니 추천하고 싶지 않다!"라고 썼다고 상상해 보라. 얼마나 어처구니없는 일인가.

아이는 모두 같아야 한다는 끔찍한 단순화는 제쳐 두고라도, 문학적 요구를 두고 말한다면 우리는 어린이책 평가에서 가장 놀랍고도 비문학적인 국면에 처해 있다. 많은 아이들이 좋아하는 것이 모두 '좋은' 것으로 간주되지는 않지만, 많은 아이들이 좋아하는 것만이 '좋다'고 할 수 있다는 생각이 그것이다. 어른을 위해 쓰여진 문학에서는 오히려 거꾸로다! 거기서는 소수의 엘리트들만이 맛보고 즐기는 것이 특별한 문학적 영광이 된다! 제임스 조이스(James Joyce) 같은 작가에게 그의 『율리시즈』가 30~40세의 연령 집단과 60세 이상의 연령 집단에서 일반적으로 "받아들여지지" 않으며 그의 언어는 숙련된 지멜(Simmel, 오스트리아의 베스트셀러 작가) 독자의 정서에 맞지 않는다고 누가 비난하겠는가?

하지만 어린이책 작가는 일거에 모든 어린이들의 독서 욕구를 만족시켜야 한다. 바로 이것이 통속문학에 대해 요구하는 바이다. 지방 아이, 도시 아이, 지적으로 왜소한 아이, 생각하기 싫어하는 아이, 다이어트 음식 같은 책을 좋아하는 아이, 깊은 사색을 하는 아이, 정서적으로 자라지 못한 아이, 시를 사랑하는 아이, 너나 할 것 없이 모두 만족시켜야 하는 것이다. 아이들은 아직도 열려 있고 또 누구나 자연스럽게 만날 수 있다! 또 그렇게 만들어야 한다!

문학에게든 통속문학에게든 실제로 아이들은 열려 있고 또 자연스럽게 만날 수 있다. 대뜸 보아 상투라든가 평범함, 진부함, 저급함 따위를 알아차리기에 그들은 너무 독서 경험도 적고 삶의 경험도 적다.

문학은 아이들에게 다른 눈을 줄 수 있고, 저급한 통속문학은 아이들의 머리를 굼뜨게 할 수 있다. 아이들은 이것저것 자유롭게 결정할 선택의 여지가 없다. 그들이 책을 읽으며 울거나 웃는다면 그들의 공감은 진정하고 정직한 것이다. 그것이 하니와 나니(에니드 블리튼)든, 빨강머리 조라(쿠르트 헬트 Kurt Held)든, 히르벨(페터 헤르틀링 Peter Härtling)이든, 재봉사 책에 나오는 종이인형이든, 또는 미숙한 어린이책 작가가 소개하는 약물 중독자이든 무엇이어도 관계없다.

마지막 인용을 하겠다. 이것은 교육학을 전공하는 어느 여대생의 편지에서 따온 것이다. "작가들은 자신의 책들을 통해 아이들에게 무슨 이야기를 하고 싶은 건가요?(그들의 입장을 가능한 한 짧게 이야기해 주세요)."

나는 그렇게 묻는 이들과 많은 대화를 해 보았고 그들이 원하는 답변을 알고 있다. 그들은 특히 삶에 도움이 된다는 말을 듣고 싶어 한다. 또한 사회적 상상력을 일깨우고, 비판력을 키워 주고, 인간사를 인식하게 하고, 사회적 장벽을 허무는 것을 도와주고, 고정된 성 역할에 대항해 싸운다는 대답을 무척 바란다. 그런 대답을 들을 때 교육학 학도들의 눈은 휘둥그레지며 반짝반짝 빛난다! 숙제를 어떻게 제출해야 할 것인지 알게 되었기 때문이다!

언젠가 기회가 닿으면 페터 빅셀(Peter Bichsel)의 『요도크 아저씨』(Vom Onkel Jodok)에 대한 숙제를 이들이 어떻게 하는지 읽어 보고 싶다. 아니, 교육학 교수의 자세한 논문을 더 읽어 보고 싶다. 대체 교육자들은 교육적·사회학적 잣대로 접근할 수 없는 문학작품을 어떻게 평가할까? 짐작하건대 그들은 평가는커녕 불확실해진 채로 문학으로부터 물러설 것이다.

나는 진정코 아동·청소년 책의 문학적 질이 아동·청소년 문학에 대해 평가하는 질에 달려 있는 듯한 인상을 주고 싶지 않다. 다만 일반문학자들이 아동문학을 "특정 독자 집단에 방향을 맞춘 통속대중문학"으로 이야기하는 이유가 그렇게 아주 특수한 평가 때문이라고 생각할 뿐이다.

아동문학은 지난 20년 동안 엄청나게 변화했지만 아동문학의 평가는 유감스럽게도 그렇지 못하다. 아동문학의 평가는 '좋은' 책이라는 것에 매달려 있다. 오늘날에는 '좋은' 책이라는 것에 대해 옛날과는 전혀 다른 것을 기대하고 있기는 하지만, 유감스럽게도 '문학'이기를 거의 기대하지는 않는다.

어린이책 시장에서 통속문학이 차지하는 비율은 아마도 어른들의 책 시장에서 통속문학이 차지하는 비율과 같을 것이다. 많은 아이들은 기꺼이 주는 대로 먹고, 가능하면 독서를 하지 않으려 들며, 깊은 생각 따위는 하고 싶어 하지 않고, 희망을 낮게 드리우고, 감히 자신들의 동경을 파악하려 들지 않는다. 독서에서 "더 많은 세계"를 가지려고 하는 것이 아니라 이 세계로부터 도망치고자 한다. 이 현상은 물론 없어질 수 있지만 그다지 빨리 없어질 수는 없다. 문학을 통해서는 결코 안 된다. 독서 장려를 통해서는 안 된다(독일에서 독서 장려를 위해 독자적인 단체가 존재한다고 하더라도 안 된다). 독서 장려는 존재하지 않는다. 다만 독자가 되도록 장려하는 독자 장려만이 존재할 뿐이다.

　그렇기 때문에 이 시점에서는 아동문학이 일반문학자라든가 비평가들 앞에서 문학으로 인정받을 수 있기 위해 시급하게 "진정한 문학"으로 변화할 필요가 전혀 없다. 그렇기는 하지만 아동문학에는 다른 평가 규준들이 허락되어야 할 것이다!

　아동문학이 "진정한 문학"이 되는 것은 우리 사회가 아이들에 대해 어떤 새롭고 더 나은, 더 인간적인 관계를 맺을 수 있어야 가능해질지도 모른다. 아동문학은 진지하게 받아들여지지 않는다. 그것은 아이들이 진지하게 받아들여지지 않기 때문이다. 어린이들이 '미성숙'한 존재로 간주되는 한 아동문학은 계속 미성숙한 상태로 머물 것이다.

　종종 가볍고 통속적인 것이 칭찬을 받는 반면, 문학은 '추천'받지 못하는 사태를 감수해야 할 것이고, 작가들은 그들 책 가운데 "손톱 깨무는 아이의 버릇을 없앨 수 있는 책"이 있는가 질문을 받아야 하며, 몇몇 출판인들은 비록 문학적으로 문제없는 원고라고 생각하지만, 그대로 책으로 냈을 경우 부모라든가 교사, 또 아이들을 위해 일하는 어떤 무리들에 의해 구석으로 내몰리고 또 판매가 감소되는 것이 두려워서, 진정 슬퍼하면서도 원고를 삭제하라고 권할 것이다.

마지막으로 우리가 어린이책을 평가하는 데 문학적 규준들로 평가하도록 밀고 나간다면, 작가들 사이에 이미 표어가 되어 버린 저 멋진 말도 존재하지 않게 될 것이다. 그것은 부활절 토끼를 다룬 책에 대한 평가에서 나온 말인데, 이렇다. "내 생각으로 부활절 토끼들은 서로 그렇게 말했을 것 같다!" 우리가 이런 지혜로운 생각을 잃어버린다면 과연 슬플까?

어린이책을 만드는 사람들은 그들 독자의 부모나 교사들을 변화시킬 수 없다. 가장 훌륭한 지식을 갖고 비문학적 척도들에 따라 어린이책들을 평가하려는 사람들을 변화시킬 수 없음은 말할 것도 없다. 그렇기 때문에 어린이책을 만드는 사람들은 그들 자신이 변하는 수밖에 다른 도리가 없다. 그들은 더 성숙해져야 한다. 착한 태도를 버리고 타협의 자세도 버려야 한다.

어린이책을 만드는 사람들은 남들의 요구에 잘못 이용되지 않도록 조심하는 법을 배워야 한다. 그들은 "아동" 문학을 고집하는 사람들이 읽는 책들이 존재하지 않게 된 다음부터 무엇을 독자들에게 간절하게 권할 것인지 깊이 명심해야 한다. 우리에게는 더 많은 자부심이 필요하다.

지금이야말로 우리는 우리를 자신의 관심사에 시중들게 하려는 이들을 비웃어야 한다. 비록 그것이 존중할 가치가 있을지라도 비문학적인 관심이라면 말이다. 그렇게 되면 어린이 방의 책꽂이에는 부모의 서재에 그저 꽂혀만 있는, 문학적으로 가치 있는 많은 책들과는 달리 정말 읽히는 문학작품들이 놓여 있더라는 말이 천천히 돌기 시작할 것이다. 심지어 일반문학자들 사이에서도 말이다.

김경연 옮김

1936년　10월 13일 오스트리아의 수도 빈에서 미하엘라 드락슬러와 발
　　　　　터 괴쓰의 둘째 딸로 태어나다.

1954/55　응용미술 아카데미에서 학업을 시작하다.

1957년　결혼하다.

1959년　에른스트 뇌스틀링거와 재혼하다.

1959년　첫째 딸 바바라 태어나다.

1961년　둘째 딸 크리스티아네('크리스티네'라고 부름) 태어나다.

1970년　문학작품을 출판하기 시작하다.

1980년　《쿠리어》,《디 간체 보헤》에 시사적인 글을 쓰기 시작하다.

1992~1999년　《태글리히 알레스》에 매일 짧은 논평을 쓰다.

2018년　7월 13일 세상을 뜨다.

개별 작품에 대한 수상 내역

1972년　『불꽃머리 프리데리케』, 프리드리히 뵈데커 상

1973년　『오이대왕』, 독일청소년문학상

오스트리아 국가상 수상 작품

1974년　『브라넥은 조금도 위험해 보이지 않지만, 조심해!』

1979년　『수호유령이 내게로 왔어』

1987년　『할아버지의 비밀』

빈 시(市) 상 수상 어린이·청소년책

1987년　『할아버지의 비밀』

1990년　『안나와 분노』

1991년 『어쨌거나와 대체로』

해외에서 받은 상
1979년 라디오 『쥐 쥐 비셔 주니어』, 유니다(UNIDA) 상
1979년 『깡통소년』, 밀드레드 L. 베첼더 상(미국)
1982년 『날아라, 풍뎅이야!』, 은빛 석필상(네덜란드)
1990년 『머릿속의 난쟁이』, 책 읽는 암소상(스위스)
2011년 『떠돌이 로레타』, 안데르센 기념일을 위한 열 권의 책에 선정

작품 전체에 대한 수상 내역
1984년 한스 크리스티안 안데르센 상
1986년 네스트로이-링 상(빈)
1994년 비폭력 교육을 위한 EA 특별상
1998년 오스트리아 서적상 수여 명예상
2002년 빌트바이브헨 상(독일)
2003년 아스트리드 린드그렌 기념상(스웨덴)
        오스트리아 학문·예술 분야 명예상(오스트리아)
2009년 오스트리아 반파시즘 출판 문학에 수여하는 빌리 헬가 페르카
        우프-페믈론 상
2010년 빈 경제 도서상
2011년 바이에른 주 수상(首相) 수여 코리네 명예상
        오스트리아 공화국에 기여한 데 대한 영예상
2012년 브루노 크라이스키 특별상

＊이 작품 목록은 본서와 크리스티네 뇌스틀링거의 자서전 "Glück ist was für Augenblicke"(2013. 10), 국립중앙도서관 자료를 참조하여 옮긴이가 작성했다. 장르별로 분류한 다음 출간 순서에 따라 독일어 제목, 우리말 책 제목, 출간 연도 순으로 적었다. 단 우리말로 옮겨지지 않은 책은 독일어 제목 옆에 『 』 없이 그 뜻을 적었다.

어린이·청소년 책

- Die Feuerrote Frederike 『불꽃머리 프리데리케』, 1970
- Die drei Posträuber 『우체국 도둑 놈! 놈! 놈!』, 1971
- Die Kinder aus dem Kinderkeller 『우리들의 행복놀이』, 1971
- Mr. Bats Meisterstück oder die total verjüngte Oma 바트 씨의 걸작 혹은 젊음을 되찾은 할머니, 1971
- Ein Mann für Mama 엄마를 위한 한 남자, 1972
- Wir pfeifen auf den Gurkenkönig 『오이대왕』, 1972
- Der kleine Herr greift ein 꼬마 신사가 끼어들어요, 1973
- Maikäfer, flieg! Mein Vater, das Kriegsende, Cohn und ich 날아라 풍뎅이야!, 1973
- Simsalabim 짐잘라빔, 1973
- Achtung! Vranek sieht ganz harmlos aus 브라넥은 조금도 위험해 보이지 않지만, 조심해!, 1974
- Der Spatz in der Hand und die Taube auf dem Dach 『손 안의 참새 지붕 위의 비둘기』, 1974 ; Der Spatz in de Hand ist besser als die Taube auf dem Dach 손 안의 참새가 지붕 위 비둘기보다 낫지, 1976
- Die Ilse ist weg 『언니가 가출했다』, 1974
- Der liebe Teufel 『상냥한 미스터 악마』, 1975
- Konrad oder Das Kind aus der Konservenbüchse 『깡통소년』, 1975
- Rüb, rüb, Hurra! Was in Oberrübersbert geschah 야호, 만세! 오버뤼베르스베르트에서 생긴 일, 1975

- Stundenplan 시간표, 1975
- Pelinka und Satlasch 펠린카와 자틀라슈, 1976
- Das will Jenny haben 그거 제니 거야, 1977
- Lollipop 『나만 아는 초록 막대사탕의 비밀』, 1977
- Die Geschichte von der Geschichte bom Pinguin 『펭귄 이야기의 이야기들』, 1978
- Luki- live 루키 라이브, 1978
- Andreas oder Die unteren Sieben Achtel des Eisbergs 안드레아스 혹은 빙산의 7/8 아래로, 1978
- Dschi Dsche-i Dschunior. Wischerbriefe 쥐 쥐이 주니어-비셔 편지들, 1979
- Rosa Riedl Schutzgespenst 『수호유령이 내게로 왔어』, 1979
- Pfui Spinne! 쳇, 꼴보기 싫은 녀석!, 1980
- Der Denker greift ein 『꿍꿍이 철학박사, 드디어 움직이다』, 1981
- Rosalinde hat Gedanken im Kopf 로잘린데한테 생각이 있어, 1981
- Zwei Wochen im Mai 오월의 2주 동안, 1981
- Das Austauschkind 『여름방학 불청객』, 1982
- Dicke Didi, fetter Felix 『뚱뚱해도 넌 내 친구야』, 1982
- Ein Kater ist kein Sofakissen 고양이는 소파쿠션이 아니다, 1982
- Anatol und die Wurschtelfrau 안톤과 부르슈텔 여사, 1983
- Hugo, das Kind im besten Jahren 전성기의 후고, 1983
- Jokel, Jala, Jericho 『세 친구 요켈과 율라와 예리코』, 1983
- Am Montag ist alles ganz anders 『월요일에 모든 것이 달라졌다』, 1984
- Olfi Obermeier und der Ödipus 올피 오버마이어와 오이디푸스, 1984
- Der Wauga 바우가, 1985
- Der Bohnen-Jim 콩나무 짐, 1986
- Der geheime Großvater 『할아버지의 비밀』, 1986
- Geschichten für Kinder in den besten Jahren 한창 때의 어린이들을 위한 이야기, 1986

- Mann nennt mich Ameisenbär 사람들은 나를 개미곰이라 불러, 1986
- Der Hund kommt 『그 개가 온다』, 1987
- Wetti und Babs 베티와 밥스, 1987
- Echt Susi 진짜 수지, 1988
- Der Zwerg im Kopf 『머릿속의 난쟁이』, 1989
- Der gefrorene Prinz 얼어 버린 왕자, 1990
- Nagle einen Pudding an die Wand! 벽에 푸딩을 붙여라!, 1990
- Eine mächtige Liebe 위대한 사랑, 1991
- Sowieso und überhaupt 어쨌거나와 대체로, 1991
- Wie ein Ei dem anderen 꼭 닮은 둘, 1991
- Ein und alles 하나와 모두, 1992
- Spürnase Jakob -Nachbarkind 개코 야콥, 1992
- Einen Vater hab ich auch 『난 아빠도 있어』, 1992
- Der TV-Karl 『텔레비전 속 내 친구』, 1995
- Villa Henrietta 헨리에타 별장, 1996
- Das Große Nöstlinger-Lesebuch 뇌스틀링거 우수작품 모음집, 1996
- Bonsai 『나는, 심각하다』, 1997
- Fröhliche Weihnachten, liebes Christkind 기쁜 성탄 사랑하는 아기예수, 1997
- Emma an Ops 엠마, 1998
- Vom weissen elefanten und den roten luftballons 『하얀 코끼리 이야기』, 1998
- Rudi sammelt 『특별한 엄마의 생일선물』, 2000
- Sache mit dem Gruselwusel 『겁이 날 때 불러 봐 뿡뿡 유령』, 2009
- Lumpenloreta 『떠돌이 로레타』, 2011
- Warten auf Weihnachten 성탄을 기다려, 2011
- Lilis Supercoup 릴리의 가슴 떨림, 2012
- Als mein Vater die Mutter Anna Lachs heiraten wollte 아빠가 안나 락스 엄마와 결혼하려 했을 때, 2013

그림책

- Pit und Anja entdecken das Jahr 피트와 아냐가 일 년을 발견하다, 1972
- Der schwarze Mann und der große Hund 흑인과 큰 개, 1973
- Gugurells Hund 구구렐의 개, 1973
- Der kleine Jo 작은 요, 1976
- Das Leben der Tomanis 『토마니스가 사는 법』, 1976
- Einer 한 사람, 1980
- Sepp und Seppi 젭과 젭피, 1989
- Anna und die Wut 안나와 분노, 1990
- Klicketick 클릭케틱, 1990
- Madisou 마디조우, 1995
- Vom weißen Elefanten und den roten Luftballons 『하얀 코끼리 이야기』, 1995
- Klaus zieht aus 클라우스가 이사를 간다, 1997
- Willi und die Angst 빌리와 두려움, 1999
- Guter Drache und Böser Drache 『착한 용과 못된 용』, 2012

시리즈

- Dani Dachs will eine rote Kappe 『오소리 다니』, 2001
- Dani Dachs will sich wehren 오소리 다니는 자신을 지키려 해요, 2001
- Dani Dachs holt Blumen für Mama 오소리 다니는 엄마를 위해 꽃을 가져와요, 2002
- Dani Dachs hat Monster - Angst 오소리 다니는 유령이 무서워요, 2003
- Geschichten von Dani Dachs 『착한 너구리』, 2009
- Leon Pirat 해적 레온, 2008
- Leon Pirat und der Goldschatz 해적 레온과 금은보화, 2009

- Gretchen Sackmeier 『그레트헨 자크마이어』, 1981
- Gretchen hat Hänschen-Kummer 그레트헨은 동생 한스가 걱정이야,

1982
- Gretchen mein Mädchen 나의 그레트헨, 1988
- Gretchen Sackmeier 그레트헨 자크마이어 모음집, 1999

- Liebe Susi, lieber Paul 『수지와 파울의 비밀편지』, 1984
- Liebe Oma, deine Susi 사랑하는 할머니께 수지가 쓰는 편지, 1985
- Susis und Pauls geheimes Tagebuch 수지와 파울의 비밀일기, 1986

프란츠 이야기 시리즈

- Geschichten vom Franz 『사내대장부』, 1984
- Neues vom Franz 『빡빡이 프란츠의 심술』, 1985
- Schulgeschichten vom Franz 『학교 가기 싫어』, 1987
- Neue Schulgeschichten vom Franz 『프란츠의 고민 대탈출』, 1988
- Feriengeschichten vom Franz 『프란츠의 방학 이야기』, 1989
- Krankengeschichten vom Franz 『프란츠가 아파요』, 1990
- Allerhand von Franz 프란츠 이야기 모음, 1991
- Liebesgeschichten vom Franz 『프란츠의 사랑 이야기』, 1991
- Weihnachtsgeschichten vom Franz 『크리스마스 선물 소동』, 1993
- Fernsehgeschichten vom Franz 『텔레비전을 보고 싶어』, 1994
- Hundegeschichten vom Franz 『강아지는 무섭지 않아』, 1996
- Babygeschichten vom Franz 『동생이 생겼어요』, 1998
- Opageschichten vom Franz 프란츠의 할아버지 이야기, 2000
- Fußballgeschichten vom Franz 『축구가 좋아』, 2002
- Quatschgeschichten vom Franz 프란츠의 말도 안 되는 이야기들, 2005
- Neue Fußballgeschichten vom Franz 『축구가 문제야』, 2006
- Franz auf Klassenfahrt 수학여행을 떠난 프란츠, 2007
- Detektivgeschichten vom Franz 프란츠의 탐정 이야기, 2010
- Freundschaftsgeschichten vom Franz 프란츠의 우정 이야기, 2011

미니 시리즈(딸 크리스티아네가 삽화를 그림)

- Mini fährt ans Meer 『미니의 신나는 바다여행』, 1992
- Mini muß in die Schule 『미니, 학교에 가다』, 1992
- Mini trifft den Weihnachtsmann 『미니의 크리스마스』, 1992
- Mini und Mauz 『미니와 고양이 마우츠』, 1992
- Mini wird zum Meier 『미니의 가장 무도회』, 1992
- Mini als Hausfrau 『미니의 오빠는 너무해』, 1993
- Mini ist die Größte 『스타가 되고 싶어』, 1993
- Mini bekommt einen Opa 『미니, 할아버지가 생기다』, 1994
- Mini muß schifahren 『미니는 스키를 싫어해』, 1994
- Mini erlebt einen Krimi 『미니 탐정이 되다』, 1996
- Mini ist kein Angsthase 『미니는 겁쟁이가 아니야』, 1997
- Mini ist verliebt 『미니, 사랑에 빠지다』, 1999
- Mini feiert Geburtstag 『미니의 생일파티』, 2002
- Mini greift ein 『미니, 영웅이 되다』, 2004
- Mini unter Verdacht 『미니의 앨범소동』, 2007

- Pudding-Pauli rührt um. Der 1. Fall 『푸딩 파울 수사에 착수하다』, 2009
- Der Pudding-Pauli deckt auf. Der 2. Fall 푸딩 파울 사건을 파헤치다, 2010
- Pudding-Pauli serviert ab. Der 3. Fall 푸딩 파울 사건을 정리하다, 2011

번역 · 각색 작품

- Maria Lilliecreutz : Karlos Kugelmugel geht unter die Erde 마리아 릴리에
  쿠로이츠 : 카를로스 쿠겔무겔 땅속으로 들어가다, 1981
- Otto Ratz und Nanni Leseratten 오토 쥐와 난니 책벌레, 1983
- Die grüne Warzenbraut 초록 사마귀 신부(노르웨이 옛이야기), 1984
- Jacob auf der Bohnenleiter 콩사다리를 타는 야콥(영국 옛이야기), 1984
- Prinz Ring 왕자의 반지(아이슬란드 옛이야기), 1984

- Der neue Pinoccio 새로운 피노키오, 1988

서정시
- Iba de gaunz oaman Kinda 매우 가난한 어린이에 관해, 1974
- Iba de gaunz oaman Fraun 매우 가난한 여자들에 관해, 1982
- Iba de gaunz oaman Mauna 매우 가난한 남자들에 관해, 1987
- Iba de gaunz oaman Leit 매우 가난한 사람들에 관해, 1987
- Mein Gegenteil 나의 반대자, 1996
- Achtung Kinder! 『어른들은 뭘 몰라!』, 2011

실용서
- Das kleine Glück 작은 행복, 1982
- Vogelscheuchen 허수아비, 1984
- Einen Löffel für den Papa 아빠를 위한 한 숟가락, 1989
- Mit zwei linken Kochlöffeln 두 개의 서툰 요리 스푼으로, 1993
- Ein Hund kam in die Küche 개 한 마리가 부엌에 왔다, 1996

기사 · 논설 모음집
- Haushaltsschnecken leben länger 『굼벵이 주부』, 1985
- Die nie geschriebenen Briefe der Emma K. 75. Werter Nachwuchs 소중한 아이들 - 엠마 K가 결코 쓰지 못한 편지 75통, 1988
- Mein Tagebuch 나의 일기, 1989
- Manchmal möchte ich ein single sein 가끔은 싱글이면 좋겠어, 1990
- Streifenpullis stapelweise 줄무늬 스웨터가 산더미같이, 1991
- Salut für Mama 엄마 안녕, 1992
- Liebe Tochter, werter Sohn. Die nie geschriebenen Briefe der Emma K. 75. 2. Teil 사랑하는 딸아, 소중한 아들아 – 엠마 K가 결코 쓰지 못한 편지

75통 2부, 1992

- Management by Mama 엄마가 관리하다, 1994
- Mama mia! 맘마 미아!, 1995
- Was ist aus uns nur geworden. Heitere Alltagsgeschichten 유쾌한 일상사들–우리는 무엇이 되었나, 1995
- Geplant habe ich gar nichts 아무것도 계획하지 않았다–논문, 연설, 인터뷰 모음집, 1996
- ABC für Großmütter 할머니를 위한 ABC, 1999
- Eine Frau sein ist kein Sport. Das Hansbuch früalle Lebenslagen 여자로 산다는 게 스포츠하는 건 아니잖아, 2011
- Liebe macht blind-manche bleiben es 사랑이 눈멀게 한다-대부분은 눈먼 채로 남아 있다, 2012

오디오북

- Iba de gaunz oaman Leit 매우 가난한 사람들에 관해(크리스티네 뇌스틀링거 녹음), 2001

연극 극본

— 뇌스틀링거는 연극 분야에서는 거의 작업을 하지 않았다. 자신의 장점이 산문이나 라디오 및 텔레비전 분야에서 잘 발휘된다고 보았기 때문이다.

- Wir pfeifen auf den Gurkenkönig 『오이대왕』, 1972
- Konrad oder Das Kind aus der Konservenbüchse 『깡통소년』, 1975
- Mister Bat's Meisterstück oder die tatal verjüngte Oma 바트 씨의 걸작 혹은 젊음을 되찾은 할머니, 1978

어린이용 오디오북 대본

— 이하 오디오북 대본과 시나리오는 연도 앞에 방송 매체를 적었다.

- Maikäfer flieg! 날아라 풍뎅이야!, ORF, 1973
- Charly Denker 철학자 찰리, ORF/Ö3, 1975
- Dschi-Dsche-i-Dschnior 쥐 쥐이 주니어, Ö3 1979
- Simsalabim 짐잘라빔, ORF-Jumbo, 1995

TV 영화와 TV 시리즈용 시나리오

- Ein Mann für Mama 엄마를 위한 한 남자, ORF/ZDF, 1973
- Familien Zauber 가족 마술, ORF/ZDF, 1976
- Die Emmingers 에밍어가 사람들, 29부작 TV시리즈, ORF, 1977
- Die Brille 안경, 시민의 용기를 소재로 한 단편영화, 1978
- Mann o Mann! 세상에, 맙소사!, ORF, 1978
- Dschi-Dsche-i Dschnior 쥐 쥐이 주니어, ORF, 1979
- Die Weltmaschine 세계 기계, TV 영화, ORF, 1981
- Es hat sich eröffnet 속내를 털어놓다, 1981
- Auf immer und ewig 언제나 영원히, 단편집 "Eine mächtige Liebe"을 TV 영화화, ZDF, 1983
- Es ist mir ein Dorn im Auge 눈엣가시, ORF, 1985
- Ein Mann nach meinem Herzen 나를 향한 한 남자, TV 영화, ZDF
- Rosa und Rosalind 로자와 로잘린트, ORF, 1987
- Im Vergleich zu anderen 다른 것과 비교해서, 예술작품, ORF, 1988
- Die verlorene Wut 빈의 노래놀이, ORF, 1989
- Frank und frei 프랑크와 자유롭게, 1991
- Sowieso und überhaupt 어쨌거나와 대체로, TV 시리즈 6부작, ORF, 1991
- Ein Wahnsinnskind 미친 아이, TV 시리즈 6부작, ORF, 1992
- Vier Frauen sin einfach zuviel 여자 넷은 너무 많아, TV 영화, ORF, 1992
- Eine Dicke mit Taille 코르셋을 입은 뚱보, TV 코미디, ORF, 1993

• Nicht ohne Marie 마리 없이 안 돼, TV 시리즈 6부작, ORF/ZDF, 1994

영화화된 크리스티네 뇌스틀링거의 책

• Wir pfeifen auf den Gurkenkönig 『오이대왕』, 1975
• Die Ilse ist weg 『언니가 가출했다』, 1976
• Konrad aus der Konservenbüchse 『깡통소년』, 1982
• Konrad 『콘라트』, 1985
• Der liebe Herr Teufel 『상냥한 미스터 악마』, 1987
• Der Zwerg im Kopf 『머릿속의 난쟁이』, 1991
• Rosa, das Schutzgespenst 『수호유령이 내게로 왔어』, 1994
• Die drei Posträuber 『우체국 도둑 놈! 놈! 놈!』, 1998
• Villa Henriette 『헨리에테 별장』, 2004

Ewer, Hans-Heino/Seilbert, Ernst. *Geschichte der österreichischen Kinder-
und Jugendliteratur vom 18. Jahrhundert bis zur Gegenwart.*
Wien : Buch-Kultur Verlaggesellschaft 1997.

Dilewsky, Klaus Jürgen. *Christine Nöstlinger als Kinder- und
Jugendbauchautorin. Genres, Stoffe, Sozialcharaktere, Intentionen.*
Frankfurt am Main : Haag und Herchen 1993.

Kranzl, Sabine. *Aspekte kinderliterarischer KomiK am Beispiel der Autoren
Janosch und Christine Nöstlinger.* Salzburg : Dipl.-Arbeit 1998.

Fuchs, Sabine u.a. *... weil die Kinder nicht ernst genommen werden. Zum
Werk von Christine Nöstlinger.* Wien : Edition Praesens, Verlag für
Literatur- und Sprachwissenschaft 2003.

Fuchs, Sabine. Christine Nöstlinger. *Eine Werkmonographie.* Wien : Dachs
2001.

Levý, Juři. *Die literarische Übersetzung. Theorie einer Kunstgattung.*
Frankfurt am Main 1969.

Über Lügen, Helden und die Neugier. (Literatur-Video) Ohne Datum.

Die 3 Posträuber. Spielfilm von Andreas Prochaska. Nach dem
gleichnamigen Buch von Christine Nöstlinger. Wien ; Waga-Film
1998.

Leti, maskij žuk. In : *Detskaja Literatura Avstrii, Germanii, Švejcarii.*
Chrestomtija dlja načalnoj i srednej škol. Časť 2. Moskau : Vlados
1998.

Franceve šolske zgodbe. Übers.: Lučka Jenčič-Kandus. Celovec : Mohorjeva
zalosba 1999.

O'Sullivan, Emer. *Kinderliterarische Komparatistik.* Heidelberg 2000.

Pachler, Nobert J. *Mädchen und Frau bei Christine Nöstlinger mit einem
einführenden Diskurs über Problematikender Kinder- und
Jugendliteratur.* Salzburg 1990.

Pauser, Susannen u. a. *Wickie, Slime und Papier.*

Das Online-Erinnerungsalbum für die Kinder der siebziger Jahre. Wien : Böhlau 1999.

Rieken-Gerwing, Ingebirg. *Gibt es eine Spezifik kinderliterarischen Übersetzens?* Frankfurt am Main 1995

Pichler, Ute. *Die Darstellung der Familie an ausgewählten Jugendromanen von Christine Nöstlinger.* Graz: Dipl.-Arbeit 2003

Christine Nöstlingers Villa Henriette. Ein Film von Peter Payer. Regensburg : MFA Film Distribution 2005.

Weitendorf, Silke : *Der Nöstlinger ihre Verlegerin. Über die Zusammenarbeit mit einer Autorin, wie sie sich jeder Verleger wünscht.* In: 1001 Buch, 3/01

Hladje, Hubert : *"Avanti Popolo" für Christine Nöstlinger. Geschichte einer verwandt- und freundschaftlichen Beziehung samt Bekenntnis einer Spiel- Schuld.* In : 1001 Buch, 3/01

Gelberg, Hans-Joachim : *Mit einem Doppelwebstuhl. Über handwerkliche und humane Herausforderunger des Schreibens.* In : 1001 Buch, 3/01

Holzer Konrad : *Blunzendoppeldecker und Grüner Veltliner- Über Christine Nöstlinger Interesse am Kulinarischen.* In 1001 Buch, 3/01

Roeder, Caroline : *Macht nix, macht nix, Ananas! Oder wie ich lernte, Christine Nöstlinter zu verstehen.* In : 1001 Buch, 3/01

Weger, Siegfried : *Christine Nöstlinger, die erfolgreichste Autorin der österreichschen Kinderliteratur., feiert am 13. Oktober 2006 ihren 70. Geburtstag. Die Bücher der literarischen "Nichterzieherin" a la Astrid Lindgren sind internationale Klassiker. In: "Welt der Frau".* Oktober 2006

여유당 인물산책 02

크리스티네 뇌스틀링거
-언어로 한 조각 세상을 빚다

1판 1쇄 펴낸날 2014년 11월 10일
1판 2쇄 펴낸날 2018년　7월 25일

글쓴이 우르줄라 피르커 | 옮긴이 이명아
펴낸이 조영준 | 책임편집 최영옥 | 디자인 꼴무
펴낸곳 여유당출판사 출판등록 2004-000312
주소 서울 마포구 월드컵북로 9길 17 해평빌딩 2층
전화 02-326-2345 전송 02-326-2335
전자우편 yybooks@hanmail.net
블로그 http://blog.naver.com/yeoyoubooks

ISBN 978-89-92351-52-2 03850
책값은 뒤표지에 있습니다.
잘못된 책은 구입하신 서점에서 바꾸어 드립니다.

이 도서의 국립중앙도서관 출판예정도서목록(CIP)은 서지정보유통지원시스템 홈페이지(http://seoji.nl.go.kr)와
국가자료공동목록시스템(http://www.nl.go.kr/kolisnet)에서 이용하실 수 있습니다. (CIP제어번호: CIP2014029304)